novum pro

Gabriele Krebs

# Schicksal, schau mal

Vier Sternenkinder und ein Max

novum pro

Bibliografische Information
der Deutschen Nationalbibliothek:

Die Deutsche Nationalbibliothek
verzeichnet diese Publikation in
der Deutschen Nationalbibliografie.
Detaillierte bibliografische Daten
sind im Internet über
http://www.d-nb.de abrufbar.



ISBN 978-3-95840-568-4
Lektorat: Katja Kulin
Umschlagfotos: Gabriele Krebs,
novum Verlag
Umschlaggestaltung, Layout & Satz:
novum Verlag
Innenabbildungen: Gabriele Krebs

Gedruckt in der Europäischen Union
auf umweltfreundlichem, chlor- und
säurefrei gebleichtem Papier.

**www.novumverlag.com**

*Gewidmet all den Frauen,*
*die das Schönste auf dieser Welt*
*nie erleben durften.*

# VORWORT

Dieses Buch ist ein Teil meines Lebens.

Sie können nach Herzenslust darin stöbern. Wenn Ihnen ein Kapitel nicht gefällt, blättern Sie einfach weiter. Falls Sie Gefallen an einer Passage finden, lesen Sie sie gern noch einmal. Sie haben die Wahl. Ich hatte keine.

Mein geliebter Papa starb viel zu früh. Er war mein Fixstern und Anker. Bei vielen wichtigen Entscheidungen hätte ich ihn so gerne noch um Rat gefragt. Aber plötzlich war er einfach nicht mehr da.

Auf der Suche nach der großen Liebe habe ich mich oft verlaufen. Mein erster Freund hat nach meiner Entjungferung das blutige Laken wie eine Trophäe aus dem Fenster gehängt, weil ich für ihn nur ein Wetteinsatz war. Mein erster Ehemann hat mich geschlagen und vergewaltigt. Mit meinem zweiten Ehemann habe ich vier Totgeburten durchleben müssen.

Es gab viele Momente, in denen ich sterben wollte, weil der Schmerz über diese Enttäuschungen nicht auszuhalten war.

Ich konnte das Erlebte jahrelang nur verdrängen, aber immer öfter überwältigten mich die Bilder der Vergangenheit wie eine Lawine, die drohte, mich lebendig zu begraben.

Dabei lebte ich längst glücklich mit meinem kleinen, gesunden Max und meinem liebevollen Mann Piet zusammen. Mein sehnlichster Wunsch war in Erfüllung gegangen. Dennoch blieb ein Teil von mir traurig.

Heiligabend 2015 wurde mir nach einem langen Spaziergang klar, dass ich vor meinem Leben nicht weglaufen und nichts ungeschehen machen kann.

Schritt für Schritt bin ich nun meinen Lebensweg noch einmal gegangen. Habe in den tragischsten Momenten innegehalten, habe den seelischen und körperlichen Schmerz noch einmal durchlebt und dabei alles aufgeschrieben.

Ich möchte mit meiner Geschichte jedem Mut machen, der Ähnliches erlebt hat. Begleiten Sie mich auf dem Weg durch die berührendsten Momente meines Lebens.

**Schicksal, schau mal … – vier Sternenkinder und ein Max**

| | | |
|---|---|---|
| 1990 | Robert | 36 Wochen alt, tot geboren |
| 1992 | Benedikt | 34 Wochen alt, tot geboren |
| 1994 | Florian | 32 Wochen alt, tot geboren |
| 1996 | Thomas | 34 Wochen alt, tot geboren |
| 2000 | Maximilian | 38 Wochen alt, geboren am 2.2.2000 |

# 9. Juni 2015

## Piets 58. Geburtstag

Mir läuft der Schweiß den Rücken runter. Seit sechs Uhr heute Morgen bin ich abwechselnd im Fernsehstudio und in der Vorbereitungshalle des Senders. Ich weiß nicht, warum ich unbedingt heute die neuen Schuhe anziehen musste. Manchmal ist Eitelkeit einfach blöd, denn nach vierzehn Stunden, die ich jetzt auf den Beinen bin, drücken sie fürchterlich. Eine längere Pause konnte ich zwischendurch nicht machen, denn die Kollegen der Planung hatten extrem viele und unterschiedliche Kerzen für die heutigen Sendungen ausgewählt. Ich war ohne Unterlass den ganzen Tag mit den unterschiedlichen Dekorationen beschäftigt.

„Gaby, kommst du bitte zum Verkabeln?" Noch eine Viertelstunde bis zum Auftritt um zwanzig Uhr, und ich habe noch die letzten Dekos in Arbeit. „Ich komme sofort, Norbert! Lass mich schnell fertig dekorieren. Einverstanden?" Norbert, unser Aufnahmeleiter, nickt verständnisvoll.

Hier noch ein Blümchen, da noch ein Stein. Fertig. Ich schiebe die Theke aus der Vorbereitungshalle ins Studio und hole mir bei Norbert mein Mikro ab. „Bist froh, wenn heute Feierabend ist, oder?" Norbert verkabelt mich bei der Frage geschickt und flink. „Das sage ich dir. Zumal zu Hause schon die Gäste warten. Mein Mann hat heute Geburtstag!" „Wie ich dich kenne, schaffst du das auch noch!" Norbert lächelt mich an und entlässt mich nach einem prüfenden Blick auf das Mikro aus der Tonecke.

Die Uhr im Studio zeigt mir, dass ich noch genau fünf Minuten Zeit bis zur Sendung habe. Ich nehme meine beiden letzten dekorierten Kerzen-Arrangements von der Vorbereitungstheke und stelle sie auf den Wohnzimmertisch im Studio. Danach überprüfe ich, ob alle Kerzen brennen, lasse meinen Blick zufrieden über das Set schweifen und spüre plötzlich, wie das Lampenfieber mich packt.

Obwohl ich seit Jahren erfolgreich im Teleshopping arbeite, bin ich kurz vor den Sendungen noch immer aufgeregt. „Wird schon schiefgehen, Gaby", denke ich mir und muss lächeln.

Einen kurzen Moment bin ich gedanklich bei Piet und wünsche mir, dass er auch ohne mich einen schönen Tag mit unserem Sohn hatte. Den Geburtstagstisch konnte ich morgens noch schnell eindecken. Ob ihm mein Geschenk gefallen hat? Den ganzen Tag hatte ich vor lauter Arbeit keine Zeit, ihn anzurufen. Ich habe ein schlechtes Gewissen. Aber Piet weiß, dass ich heute viel zu tun habe.

„Wow, Gaby! Heute hast du dich aber wieder übertroffen! Das Set sieht fantastisch aus. Geht es dir gut?" Meine Lieblingsmoderatorin Anna steht plötzlich im Studio vor mir und strahlt mich an.

„Natürlich geht es mir gut! Ich freue mich auf die Sendung mit dir. Außerdem hat mein Mann heute Geburtstag. Und wenn diese Stunde vorbei ist, geht es schnell nach Hause zur Feier! Die Gäste warten schon." Ich lache sie an.

Anna sieht mit ihren blonden Locken aus wie ein kleiner Rauschgoldengel, einfach bezaubernd. Unsere Maskenbildnerinnen verstehen ihr Handwerk. Im Studiolicht strahlen wir alle um die Wette, nachdem sie uns geschminkt haben. Obwohl Anna auch ohne Make-up wunderhübsch ist.

„Ich setze mich auf den linken Sessel, okay?" Anna nimmt auf dem gemütlichen Sessel Platz und rückt ihre Unterlagen zurecht. „Wo du dich am wohlsten fühlst, da sitzt du!", antworte ich charmant und setze mich auf den zweiten Sessel im Set. Vor uns beiden steht der Wohnzimmertisch mit den Produkten der Show. Die Kameramänner nehmen in diesem Moment ihre Position hinter der Kamera ein. Die beiden Requisiteure setzen sich ihre Headsets auf. Es wird mucksmäuschenstill im Studio.

„Noch eine Minute", ruft der Aufnahmeleiter laut.

Livesendungen sind einfach aufregend. Die grellen Scheinwerfer im Studio strahlen eine unglaubliche Wärme aus. Ich schwitze und meine Schuhe drücken höllischer denn je.

„Sag deinem Mann einen lieben Geburtstagsgruß", flüstert Anna. „Und uns eine schöne Sendung!" Der Aufnahmeleiter steht jetzt vor uns. „Und 3, 2, 1 – Kamera 2, Anna, bitte!"

Die Anfangsmusik der Show wird eingespielt, Anna sitzt kerzengerade auf dem Sessel und begrüßt mit ihrem strahlenden Lächeln die Zuschauer. „Herzlich willkommen! Schön, dass Sie dabei sind. Vier Stunden Dekorationstipps rund um die flammenlosen Kerzen haben meine Moderations-Kolleginnen Ihnen heute schon präsentiert. Und auch in der letzten Stunde sorgen wir dafür, dass Ihr Zuhause noch gemütlicher wird. Begrüßen Sie an meiner Seite unsere Expertin Gaby Krebs."

Anna dreht sich zu mir, nimmt lächelnd meine Hand und drückt sie herzlich.

„Gaby, ich freue mich auf diese Stunde und bin gespannt, was du für uns mitgebracht und vor allem so fantastisch dekoriert hast."

Ich drehe mich zu Anna um, nehme ihre Hand, lächele in die Kamera und die Show beginnt. Das Lampenfieber ist vorbei. Jetzt geht es darum, die Zuschauer in die Welt der wunderbaren Kerzen zu entführen. Sie zu unterhalten. Mit ihnen Spaß zu haben. Sie telefonisch einzubinden. Anna und ich sind ein eingespieltes Team. Wir lachen viel, necken uns und zeigen den Zuschauern dabei ausführlich alle Produkte, die ich in den letzten Stunden liebevoll arrangiert habe. Die Zeit vergeht wie im Flug.

„Es war wieder eine wunderbare Stunde mit Ihnen. Herzlichen Dank fürs Zuschauen und Ihren Einkauf, einen wunderbaren Abend wünschen wir Ihnen. Aber bleiben Sie bei uns. In der nächsten Stunde geht es um Ihre Figur."

Anna winkt in die Kamera. Ich winke auch. „Tschüss!" Das ist das Einzige, was ich noch sagen kann.

„Klasse Stunde, Gaby. Weit über Plan. Hat mir riesigen Spaß gemacht. Lass uns mal wieder einen Kaffee trinken gehen! Und beeil dich beim Aufräumen, damit du schnell zu Hause bist." Anna verpasst mir ein Bussi auf die Wange und weg ist sie.

Ich sitze auf meinem Sessel und atme tief aus. Geschafft. Ein langer Arbeitstag liegt hinter mir. Ich streife vorsichtig meine Schuhe ab und merke, wie die Anspannung langsam aus meinem

Körper weicht. Ein erfolgreicher Tag liegt hinter mir. Jetzt noch alles aufräumen und dann endlich zum Geburtstagskind. Eine Kollegin aus der Requisite hilft mir, die aufgebauten Kerzen aus dem Studio zu räumen. Nach einer halben Stunde ist das gesamte Chaos beseitigt.

Es ist 21.30 Uhr, als ich die Vorbereitungshalle verlasse und durch die leeren Flure des Senders zum Empfang gehe, um meine Einlasskarte abzugeben. „Tschüss, ihr Lieben, und einen schönen Feierabend!“, rufe ich den beiden Empfangsdamen lächelnd beim Rausgehen zu.

Nach sechzehn Stunden in geschlossenen Räumen atme ich die kühle, feuchte Abendluft tief ein. Der Tag hat sich inzwischen verabschiedet und dunkle Regenwolken hängen am Himmel.

Wenige Sekunden später fallen die ersten Tropfen. Wie eine Regenwalddusche erfrischen sie mein erhitztes Gesicht. Herrlich! Ich laufe barfuß zu meinem Auto, denn in meinen neuen Tretern kann ich keinen einzigen Schritt mehr gehen!

Mein kleiner FIAT 500 ist vom sonnigen Junitag ganz aufgeheizt. Die Luft ist völlig abgestanden. Ich mache das Fahrerfenster auf und inhaliere die frische Luft. Wie gern würde ich jetzt mit offenem Verdeck nach Hause fahren. Doch der Regen wird immer stärker.

Ich entdecke mein Handy auf dem Beifahrersitz und habe sofort ein schlechtes Gewissen. 27 Nachrichten in Abwesenheit. Ich lese zuerst die Nachricht von Piet. „Danke, meine Süße, für den Geburtstagstisch! Wann bist du denn aufgestanden??? Max hat vom Kuchen zwei Riesenstücke verputzt. Schmeckt hervorragend. Wünsche dir einen erfolgreichen Tag. Freue mich auf dich. Bis gleich. Dein Piet!“

Mir wird warm ums Herz. Ich habe den besten Mann der Welt!

Die anderen Nachrichten überfliege ich nur kurz.

„Wie ist noch mal eure Adresse? LG Claudia und Stefan.“ „Ich hab jetzt für Piet nichts gefunden. Geht auch ein Gutschein? Ruf mal an! Basti greez!“ … Und so weiter.

Ich wähle Piets Handynummer. Es klingelt, aber er geht nicht ran. Bestimmt kümmert er sich um die Gäste. Wenn alle gekommen sind, fallen jetzt gerade zwanzig Leute hungrig über das Buffet her. Ich schreibe Piet schnell eine Nachricht. „Starte jetzt durch. Bis gleich. Liebe dich."

Mir tut alles weh. Jetzt merke ich wirklich, wie anstrengend der Tag war. Ich fahre los Richtung München. Im Radio spielen sie Partymusik und ich drehe sie richtig laut auf. Der Regen prasselt inzwischen heftig auf die Windschutzscheibe und die Scheibenwischer arbeiten auf höchster Stufe. So ein Sauwetter!

„Und jetzt machen wir weiter mit Hits aus den 90ern!" Der Radiomoderator kündigt den nächsten Song an und ich erstarre. „I do not want what I haven't got!" von Sinéad O'Connor. Sie berührt mich mit ihrer Musik vom ersten bis zum letzten Ton! Ihre samtige Stimme erzeugt Gänsehaut auf meinem ganzen Körper. Was für ein wunderschöner Song.

Dieses Lied habe ich zuletzt gehört, als ich im Juni 1990 mit meinem kleinen Robert schwanger war.

Tränen schießen mir plötzlich in die Augen. Mein ganzer Körper fängt an zu zittern. Ich kann nichts mehr sehen. Der Regen und meine Tränen lassen die Straße verschwimmen. Ich muss rechts ranfahren.

An der nächsten Bushaltestelle bringe ich mein Auto zum Stehen und weine hemmungslos.

„Mein kleiner Robert. Du hast heute Geburtstag. Inzwischen wärst du ein erwachsener Mann, vielleicht schon mit einer kleinen Familie. Vor 25 Jahren habe ich dich zartes, zerbrechliches Kind tot in meinen Händen gehalten. Jedes Jahr am 9. Juni gehe ich noch einmal durch die Hölle, weil du mich einfach verlassen hast. Du bist und bleibst mein Sohn, auch wenn du jetzt im Himmel bist. Und vielleicht musste ich Piet kennenlernen, der an genau diesem Tag Geburtstag hat, damit ich dich niemals vergesse."

Ein lautes Hupen hinter mir schreckt mich aus meinen Gedanken. Ich versperre einem Bus die Einfahrt. Hektisch starte ich mein Auto, wische mir die Tränen aus dem Gesicht und fahre weiter. Traurigkeit hüllt mich ein. Ich schalte das Radio aus.

„Gaby, reiß dich zusammen. Dein Mann erwartet dich sehnlichst. Die Geburtstagsgäste wollen feiern." Ich krame ein Taschentuch aus meiner Tasche, putze mir die Nase und versuche, mein verschmiertes Gesicht einigermaßen herzurichten. Jetzt bin ich froh, dass es so regnet. Es wird niemandem auffallen, dass ich geweint habe, wenn ich wie ein nasser Hund durch die Tür komme.

Und so ist es auch. Ich werde von Piet stürmisch begrüßt und geküsst und die Gäste sind bereits in Tanzlaune.

„Schön, dass du endlich da bist. Hast du im Stau gestanden?" Piet schaut mich an. „Nein, ich musste an Robert denken und bin für einen Moment rechts rangefahren. Nicht böse sein." Ich schaue ihn traurig an. „Komm mal zu mir!" Piet öffnet seine Arme und ich kuschle mich an ihn. „Auch dein kleiner Robert hat heute Geburtstag. Ist doch verständlich, dass du an ihn denken musst. Du hattest einen langen Tag. Entspann dich jetzt und lass uns das Leben feiern."

Wir feiern bis früh in den Morgen. Als ich endlich neben Piet im Bett liege und sein gleichmäßiges Schnarchen höre, bin ich in Gedanken wieder bei meinem Sternenkind Robert.

# 9. Juni 1990

## Robert

Mir ist kalt, obwohl dieser 9. Juni 1990 ein besonders schöner, warmer Tag ist. Ich liege mit dir auf einer Liege in einem fensterlosen, großen Raum im Universitätsklinikum. Es riecht intensiv und eklig nach Desinfektionsmittel. Der Linoleumboden glänzt wie frisch gebohnert, sieht aber schon sehr ramponiert aus. Kleine weiße Schränke mit Untersuchungsgeräten, Spritzen, Ampullen und Medikamenten stehen rechts von uns. Die Wände sind weiß gestrichen, aber die Farbe blättert an einigen Stellen ab. Ein kleines Waschbecken ist neben der einzigen, ziemlich breiten Tür installiert, die links von uns liegt. An der Decke hängen Neonröhren, die diesen Raum in kaltes Licht tauchen. Eine der Röhren flackert unregelmäßig. Ich finde es ungemütlich hier und ziehe mir das Bettlaken bis hoch zum Kinn.

Ein Professor soll uns gleich untersuchen. Ich weiß eigentlich gar nicht, warum wir hier gelandet sind. Bei diesem schönen Wetter würde ich lieber mit dir in einer Eisdiele sitzen und eine riesige Portion Schokoladeneis essen.

Ich streichle über meinen prallen Bauch, der vom Bettlaken bedeckt ist.

Am Fußende der Liege ist eine große Leinwand aufgebaut. Eine junge Krankenschwester bereitet alles gewissenhaft für die Untersuchung vor. Sie hat ein hübsches Gesicht. Ihre blonden Haare hat sie zu einem Zopf zusammengebunden. Durch den blütenweißen Kittel sieht sie frisch und unschuldig aus. Sie spürt anscheinend, dass ich sie bei ihrer Arbeit beobachte.

„Entspannen Sie noch ein wenig, Frau Schneider. Der Herr Professor ist noch im Kreißsaal – aber er kommt, wenn er dort fertig ist, sofort zu Ihnen. Wenn Sie etwas brauchen, klingeln

Sie einfach.“ Sie zeigt auf den Klingelknopf neben der Liege. Ihr Lächeln ist aufmunternd und ihre Stimme freundlich. Kurz darauf entschwindet sie durch die breite Tür.

Jetzt sind wir beide allein. Ich streichle unaufhörlich über deinen kleinen Körper, den ich deutlich an der Bauchdecke ertasten kann. Ich hoffe, du spürst das. Ein bisschen Angst habe ich schon vor dem, was kommt. Ich mag keine Krankenhäuser.

Mein kleiner Sohn, jetzt wohnst du schon knapp 37 Wochen bei mir und wir lernen uns jeden Tag, jede Stunde besser kennen. Ich freue mich so sehr auf dich, dass ich zwischendurch immer wieder Schmetterlinge im Bauch habe! Ich fühle mich wie ein frisch verliebtes Mädchen.

Ich male mir ständig aus, wie du aussiehst, wie sich deine Stimme anhört, wenn du das erste Mal „Mama“ sagst.

Du bist ein Teil von mir. Ich habe dich in den letzten Wochen wachsen sehen. Deinen kleinen Daumen hast du ständig im Mund. Die Nabelschnur umklammerst du gern mit deinen winzigen Händen. Selbst deine Haare kann ich auf den Ultraschallbildern erkennen.

Bei der letzten Untersuchung warst du ganz vorwitzig und hast mir kurz gezeigt, dass du ein Junge bist. Das war ein wunderbarer Moment, denn seit diesem Tag trägst du deinen Namen. Robert – der Anmutige und der Strahlende. Dein Name wird zu dir passen, denn du wirst mal ganz groß und stark!

Wir beide haben unser erstes Rendezvous am 4. Juli 1990, denn an diesem Tag sollst du laut Berechnung der Ärzte das Licht der Welt erblicken. Das sind gerade noch 25 Tage! Nicht zu glauben, dass ich dich dann endlich in meinen Armen halten kann. Ein ganz besonderer Tag wird das für uns beide. Ich spüre, dass du dich auch freust, denn du strampelst ordentlich auf meiner Blase herum. Aber Hauptsache, dir geht es gut!

Am 4. Juli hat auch dein Opa, mein Papa, Geburtstag. Und Amerika feiert die Unabhängigkeit. Du siehst, wir werden viele Gründe zum Feiern haben, wenn du geboren bist.

Es ist so ungerecht, dass dich mein Papa nicht kennenlernen darf. Mit 46 Jahren ist er nach einer Operation einfach gestorben.

Du kannst dir nicht vorstellen, wie traurig ich war. Tagelang habe ich gehofft, dass er wieder aufwacht und alles nur ein böser Traum war. Aber er hat mich alleingelassen, obwohl ich ihn abgöttisch geliebt habe. Er war immer für mich da. Was immer mir auf der Seele brannte, mit Papa konnte ich darüber reden. Ich vermisse ihn so sehr. Er würde jetzt neben uns sitzen und meine Hand halten, um mir die Angst zu nehmen.

Aber ich werde dir Bilder von ihm zeigen und alles erzählen, was ich mit ihm erlebt habe, wenn du ein bisschen älter bist.

Die Erinnerungen kann mir glücklicherweise keiner nehmen. Robert, du wirst ihn durch mich kennenlernen und ihn genauso lieben. Das wünsche ich mir!

An deinem Geburtstag zünden wir immer eine Kerze mehr an. Eine für dich, eine für deinen Opa.

Dein kleiner Körper bewegt sich an der Bauchdecke, als wenn du dich mit mir unterhalten möchtest. Ich spüre dich die ganze Zeit unter meinen Händen herumturnen. Weißt du, wie schön das ist? Ich bin so glücklich und dankbar!

Wir beide werden zusammen mit deinem Papa und unserem Freund Michael in einer geräumigen Wohnung leben. Michael ist der beste Freund von deinem Vater. Seine Freundin hat ihn verlassen und nun wohnt er seit einigen Monaten bei uns. Er hat sich gefreut, als ich ihm sagte, dass du bald der neue Mitbewohner bist.

Michael ist handwerklich sehr begabt und hat mir geholfen, dein Zimmer einzurichten. Jeden Tag ist es gemütlicher und schöner geworden. Vielleicht hast du gespürt, dass ich mich nicht so ausgeruht habe, wie ich sollte.

Die Wände deines Zimmers haben wir blau gestrichen. Und an der Decke hat Michael kleine weiße Wölkchen aufgemalt, damit du immer in den Himmel schauen kannst, wenn du in deiner Wiege liegst. Und wenn du größer bist, dann können wir Dinosaurier oder eine Ritterburg auf die blauen Wände malen. Oder ein Fußballtor. Oder ein riesiges Rennauto. Was immer du magst.

Deine Wickelkommode ist schon vollgepackt mit kleinen Stramplern, Windeln und ein paar Spielsachen. Es macht mir so viel Freude, in den Geschäften für dich einzukaufen. Du kannst dir nicht vorstellen, wie viele schöne Sachen es für dich gibt.

Letzte Woche ist auch dein Kinderwagen angekommen. Du wirst ihn lieben. Ein richtig cooles Teil. Was man damit alles anstellen kann, werde ich dir die nächsten Monate zeigen.

Wenn wir beide zu Hause sind, machen wir mit diesem schicken Wagen als Allerersten einen Spaziergang um die wunderschöne Alster. Jeder soll sehen, wie glücklich ich bin. Ich werde dir einen blau-weiß gestreiften Strampler, blaue Söckchen und eine blaue Mütze anziehen. Damit passt du in die wunderschöne Stadt Hamburg. Der maritime Look ist gerade total angesagt. Ich kann es nicht mehr erwarten, dich im Arm zu halten, dich zu riechen.

Was ist denn plötzlich mit dir los, mein Kleiner? Warum drückst du dich so stark gegen die Bauchdecke?

Ich zucke zusammen, denn mein Unterleib schmerzt, als würde ich eine starke Regelblutung haben. Mir ist plötzlich ganz schlecht. Unter meiner Zunge sammelt sich der Speichel und ein leichter Würgereiz folgt. Ich habe heute noch nichts gegessen und getrunken. Jetzt wird mir klar, dass ich schnellstens Wasser trinken muss. Ich habe mich durch diese ganze Aufregung völlig vernachlässigt.

In diesem Moment geht die Tür auf und ein großer, älterer Mann mit Brille und weißem Kittel betritt den Raum. Weitere Weißkittel folgen. Alle schauen uns beide an.

„Guten Tag, Frau Schneider. Ich bin Professor Kluth. Es tut mir leid, dass Sie so lange warten mussten, aber Babys kommen eben, wann sie es wollen." Er lächelt mich an.

„Ich werde Sie nun untersuchen. Meine Studenten möchten gern diese Untersuchung, die wir nicht täglich vornehmen, zu Lehrzwecken mitverfolgen. Ich hoffe, Sie sind damit einverstanden?"

Die jungen Studenten – acht an der Zahl, zwei junge Frauen, der Rest Männer – haben sich im Halbkreis um die Liege gestellt und schauen neugierig auf uns, als wären wir besondere Tiere in einem Zoo.

Mir geht es schlecht. Die Übelkeit wird immer schlimmer. Ich bekomme kaum Luft und mir ist, als müsste ich mich in diesem Moment übergeben. „Frau Schneider, geht es Ihnen nicht gut?“, fragt mich die nette Schwester von vorhin. „Sie sind ganz blass um die Nase.“

„Könnte ich ein Glas Wasser haben? Mir ist schrecklich übel!“, bekomme ich gerade so raus. „Aber natürlich“, antwortet der Professor. „Schwester Andrea, bitte geben Sie Frau Schneider ein Glas Wasser.“ Ich kann kaum schlucken vor Übelkeit, aber ich trinke das kalte Wasser gierig, in der Hoffnung, mich nicht übergeben zu müssen. Das Ziehen im Unterleib wird immer stärker. Robert, was machst du mit mir?

Professor Kluth beobachtet mich und sieht mich durch die Brille fragend an. „Ist es jetzt besser?“ Ich nicke und reiche den leeren Becher der Schwester. „Von mir aus können wir anfangen“, höre ich mich sagen.

Ich möchte nur, dass das hier alles schnell vorbei ist und wir beide endlich nach Hause können.

Professor Kluth richtet das Wort an die Studenten. „Meine Damen, meine Herren, die heute, am 9. Juni 1990, um 12.15 Uhr aufgenommene Patientin ist 28 Jahre alt und in der 36. Woche schwanger. Die Schwangerschaft ist nach Rücksprache mit ihrem Gynäkologen bis jetzt normal verlaufen. Frau Schneider, was war denn heute Morgen bei Ihrer Untersuchung los?“

Ich zucke zusammen. Was war los? Ich muss mich konzentrieren. „Ich hatte heute Morgen bei meinem Gynäkologen einen Termin. Eine Routineuntersuchung. Ich habe Blut und Urin abgegeben. Ich wurde gewogen und dann hat die Schwester mich an das CTG angeschlossen.“

Professor Kluth schaut mir direkt in die Augen. „Sie hat keine Herztöne gefunden. Die Sprechstundenhilfe meinte, das Gerät sei bestimmt kaputt. Wir sind dann in ein anderes Sprechzimmer gegangen.“

Ich atme ganz tief ein und muss schlucken. Die Erinnerung an diesen Moment macht mich unruhig. „Sie hat mich erneut an den Wehenschreiber angeschlossen. Aber auch das Gerät hat keine Herztöne gefunden. Sie wurde auf einmal unruhig und hat den Arzt gerufen." Ich spüre ein leichtes Kribbeln am ganzen Körper, während ich den Besuch schildere. Ich habe das Gefühl, als sei ich an Strom angeschlossen.

Die Studenten schauen mich fragend an. Der Blick des Professors ruht auf meinem Gesicht. „Und was hat Ihr Gynäkologe gesagt?" „Er hat das Gerät aus- und wieder eingeschaltet und mich dann noch mal neu angeschlossen. Aber auch dann hat er keine Herztöne gefunden."

In diesem Moment zieht sich mein Unterleib wieder kräftig zusammen und du bist deutlich an der Bauchdecke sichtbar. Willst du mir etwas sagen, Robert?

„Der Arzt hat dann gemeint, dass so etwas schon mal vorkommen kann. Ich soll mir keine Sorgen machen. Meine Werte seien alle in Ordnung. Ich soll morgen noch einmal zur Kontrolle kommen. Der Termin ist um neun Uhr. Wenn dann immer noch keine Herztöne zu hören sind, dann wird er einen Ultraschall machen, um zu sehen, ob mein Kind noch lebt."

Ein Raunen und Kopfschütteln geht durch die Menge der Studenten. „Ich bin nach der Untersuchung zur Arbeit gegangen und habe meinem Chef erzählt, dass ich morgen nach dem Termin vielleicht nicht kommen kann. Falls mein Kind nicht mehr lebt. Er muss ja eine Vertretung für mich haben.

Er hat mit mir geschimpft und wurde ganz panisch, hat dann mit diesem Krankenhaus telefoniert und mich hierher gebracht. Aber ich bin sicher, dass alles in Ordnung ist. Ich fühle ja die Bewegungen meines Kindes."

Ich versuche zu lächeln. Ich will demonstrieren, dass ich diese ganze Untersuchung für überflüssig halte. „Frau Schneider, wir gehen mal vom Besten aus! Ich bin sehr froh, dass Sie jetzt hier bei uns sind. Und danken Sie ihrem Chef, dass er sie hergebracht hat."

Professor Kluth nickt der netten Schwester zu, die jetzt kommt, um ihm zu assistieren. Er streift die bereitgelegten Gummihandschuhe über und legt meine Beine vorsichtig auf die Beinschalen der Liege. Behutsam drückt er meine Beine auseinander und zieht mich ein Stück nach vorn. Ich spüre die kalten Instrumente, die meine Vagina nun auseinander drücken. Ich schließe die Augen. Ich schäme mich vor all den Studenten.

Der Professor erklärt jeden Schritt seiner Untersuchung, während er immer tiefer mit einer Hand in mich eindringt. Was tut er da? Ich habe Angst. Ich möchte ihn anschreien, dass er aufhören soll, aber ich bringe keinen Ton raus. Gleich hat er dein Köpfchen in den Händen.

Meine Hände streicheln unaufhörlich über den Bauch! Ich muss dich beschützen! Ich weiß, dass alles gut ist. Ich fühle deine Bewegungen, du kleiner Unruhegeist.

„Der Muttermund ist noch geschlossen. Die Lage des Ungeborenen ist ebenfalls unauffällig. Frau Schneider, wir werden jetzt eine Amniozentese durchführen. Dabei werden wir durch Ihre Bauchdecke in die Fruchtblase gehen und etwas Fruchtwasser entnehmen. Über den Ultraschall können wir die Entnahme verfolgen. Schwester Andrea, geben Sie mir bitte die Spritze und machen Sie das Licht aus."

Das Ultraschallgerät wird von ihm eingeschaltet und die Leinwand vor uns ist hell erleuchtet. Der Professor schlägt mein Bettlaken zurück, schiebt mein T-Shirt nach oben und spritzt uns eine kleine Menge kalter, klarer Flüssigkeit auf den Bauch, die er gleichmäßig darüber verteilt. Ich zittere am ganzen Körper.

„Schauen Sie, Frau Schneider, das ist ihr Sohn." Du bist auf der großen Leinwand zu sehen. Mein Junge. Noch nie habe ich dich lebensgroß und in Farbe gesehen. Dein Anblick ist überwältigend! Ich erkenne jedes Detail an deinem Körper. Dein Köpfchen, die Nase, den Mund. Deine Arme. Deine Hände mit den kleinen Fingern und den Daumen. Deine Beinchen. Die Füße mit den winzig kleinen Zehen.

Ein wunderschöner Anblick. Du schwebst vor mir im Fruchtwasser. Schwerelos. Du bewegst dich, also lebst du. Habe ich doch die ganze Zeit gewusst. Mir laufen Tränen der Erleichterung die Wangen runter. Ich möchte dich in den Arm nehmen.

„Frau Schneider, bitte konzentrieren Sie sich jetzt. Wir können Ihnen kein Betäubungsmittel verabreichen. Es wird ein wenig schmerzen, wenn ich die Spritze durch die Bauchdecke führe. Es tut etwa so weh wie der Pikser bei einer Blutentnahme!"

Erst jetzt sehe ich die riesige Spritze in seiner Hand und habe plötzlich wahnsinnige Angst um uns. Diese Spritze soll durch meine Bauchdecke? Was passiert, wenn er dich damit verletzt? Ich will hier raus! Ich will das alles nicht! Ich schreie innerlich! „Ich versuche es."

Aber als er beginnt, die Spritze durch die Bauchdecke zu schieben, schreie ich vor Panik. Ich möchte aufspringen! „Ganz ruhig, Frau Schneider. Sie können auf der Leinwand genau verfolgen, was ich mache. Atmen Sie bitte tief ein und aus." Ich atme ein und aus. Die Spritze schiebt sich währenddessen immer tiefer durch die Bauchdecke, weiter in die Fruchtblase hinein. Der Anblick der Nadel in der Fruchtblase macht mir Angst. Angst, dass er dich verletzt.

„Geschafft! Ich werde jetzt die Nadel langsam wieder rausziehen. Sie waren sehr tapfer!" „Danke! Viel länger hätte ich es nicht ausgehalten."

Meine Anspannung lässt nach. Die Nadel ist jetzt wieder draußen. Es kann dir nichts mehr passieren. Wir haben es hinter uns! Ich atme tief ein und wieder aus und lege die Hände schützend auf dich.

Der Professor schaut mich nun sehr ernst an. „Frau Schneider, es ist, wie ich leider schon vermutet habe." Er macht eine Pause, setzt sich neben mich auf die Liege und schaut mir in die Augen. „Leider lebt Ihr Kind nicht mehr. Die von Ihnen wahrgenommenen Bewegungen sind nicht aktiv. Das Herz schlägt nicht mehr. Nach Einschätzung der Bilder, die wir gerade sehen konnten, ist Ihr Kind ungefähr vor zwei Tagen gestorben." Sein Blick wird traurig. „Es tut mir sehr leid, Ihnen nichts anderes sagen zu können." Mir bleibt mein Herz stehen.

„Wir müssen jetzt ganz schnell handeln, um Sie und Ihre Gesundheit zu schützen. Wir müssen die Geburt sofort einleiten. Schwester Andrea, rufen Sie bitte im Kreißsaal an, dass Frau Schneider in den nächsten Minuten kommt."

Er schaut auf seine Hände. „Es tut mir unendlich leid. An Tagen wie diesen ist mein Beruf nicht leicht, glauben Sie mir." Er wendet sich den Studenten zu, die uns betroffen anschauen. „Meine Damen, meine Herren, ich brauche jetzt eine Pause." Absolute Stille im Raum. Ich liege reglos da. Völlig leer. Ich bin gestorben.

Nachdem die Studenten dem Professor nach draußen gefolgt sind, wird die Leinwand dunkel. Ich kann dich nicht mehr sehen!

„Können Sie bitte wieder das Gerät einschalten? Bitte! Schalten Sie wieder ein!" Ich schreie Schwester Andrea an.

„Frau Schneider, das geht nicht. Sie müssen sich beruhigen. Ich bringe Sie gleich in den Kreißsaal. Das Schicksal kann grausam sein, aber bitte glauben Sie den Worten des Professors. Wir müssen jetzt alles tun, damit Sie gesund bleiben." Sie sieht mich traurig an.

„Aber sehen Sie doch. Mein Kind bewegt sich. Schauen Sie doch auf meinen Bauch. Robert lebt. Ich will ihn sehen. Bitte machen Sie wieder den Ultraschall an!" Mir laufen die Tränen über die Wangen. Sie nimmt meine Hand und schüttelt den Kopf. „Nein. Wir müssen jetzt los. Ich bleibe bei Ihnen."

Jetzt rast mein Herz und mir wird heiß. „Nein!" Ich schreie, so laut ich kann. „Ich will mein Kind nicht verlieren!" Ich kann nicht aufhören zu schreien. Ich werde wahnsinnig! Was für ein beschissener Tag ist das heute? Von einer Sekunde auf die andere wird mein Leben zerstört. Es war eine Routineuntersuchung heute Morgen. Du sollst in 25 Tagen zur Welt kommen. „Bitte nicht!" Ich schreie meine Verzweiflung raus und meine Hände suchen dich. Wo bist du? Du bist doch hier drin. Ich fühle dich.

Ich schlage mit meinen Fäusten wild auf den Bauch. „Zeig, dass du lebst. Zeig es! Spürst du diese Schläge? Spürst du das?" „Frau Schneider! Hören Sie auf! Sie müssen sich beruhigen. Bitte nehmen Sie diese Tabletten und trinken das Wasser!"

„Ich kann nicht!" „Doch, Sie können! Sie werden jetzt tapfer sein. Und Sie denken jetzt an sich. Ich möchte, dass Sie wach sind, bevor wir gemeinsam in den Kreißsaal gehen. Wir haben nicht mehr viel Zeit."

Kreißsaal? Ich soll dich entbinden? Aber warum, wenn du doch tot bist? Warum die Qualen, um dich für einen Augenblick auf diese Welt zu lassen? Ich will auf der Stelle tot sein. Ich kann nicht mehr.

Schwester Andrea fährt uns mit der Liege über die Flure, bis wir den Kreißsaal erreichen. Der Raum ist groß. Sie stellt die Liege an ein Fenster. Durch meine verweinten Augen nehme ich noch zwei weitere Betten im Raum wahr, aber das interessiert mich nicht. Mein Blick geht nach draußen. Die Sonne strahlt vom blauen Himmel durch die grünen Bäume ins Zimmer.

Es ist ein so schöner Tag. Warum muss es unser Schicksalstag sein? Es ist mir unbegreiflich, dass du so lange in mir gelebt hast und plötzlich tot bist. Und ich habe es nicht gemerkt. Robert, ich habe nicht gemerkt, dass du in mir gestorben bist. Wie kannst du einfach sterben?

Dein Zimmer ist fertig. Die Hochzeit ist geplant. Alle freuen sich so sehr auf dich! Bitte lass alles ein riesiges Missverständnis sein. Du bist mit 36 Wochen schon in der Lage zu leben. Zeig allen, dass sie unrecht haben. Ich werde dich entbinden und dann wirst du schreien. Schreien vor Lebensgier. Du wirst leben! Du kannst mich nicht alleinlassen!

Ich bekomme einen Weinkrampf. Ich fühle mich so verdammt allein. Mein zukünftiger Mann in einem wichtigen Kundengespräch, mein geliebter Papa viel zu früh gestorben. Warum ist niemand bei mir? Ich schaffe das nicht allein.

„Frau Schneider, ich werde jetzt eine kleine Trennwand neben Ihr Bett stellen, damit Sie mehr Privatsphäre haben. Die Situation ist nicht ideal, aber wir müssen schnell handeln. Wir sind alle so unglaublich traurig." Schwester Andrea schaut mich berührt an.

„Er wird leben, Andrea. Mein Sohn Robert lebt. Er lebt." Mit erstickter Stimme wiederhole ich diese Sätze immer wieder und wieder.

Schwester Andrea schaut mich bedauernd an und schüttelt den Kopf. „Nein, Frau Schneider. Leider nicht. Ihr kleiner Robert lebt nicht mehr. Sie müssen noch einmal ganz tapfer sein. Ich bleibe bei Ihnen und ich bin für Sie da. Wir beide schaffen das. Trinken Sie bitte noch diesen Becher leer. Damit leiten wir langsam die Wehen ein. Wir möchten, dass Sie Robert auf natürlichem Weg entbinden." Sie streichelt meine Wange und reicht mir einen Becher. Ich trinke die leicht süße Flüssigkeit aus.

Ich schließe die Augen und versuche dich zu erreichen. Mein kleiner Engel. Warum magst du nicht zu mir kommen? Hat dir mein Leben Angst gemacht? Traust du mir nicht zu, eine gute Mutter zu sein? Möchtest du wirklich gehen? Mich alleinlassen?

Die Wehen kommen ganz langsam, so wie starker Regelschmerz, der dann wieder abebbt. Die Abstände der Wellen werden immer kürzer. Du willst raus! Die körperlichen Schmerzen sind für mich unerträglich! Ich habe das Gefühl, zu zerreißen. Wie lange muss ich das ertragen?

Ich schreie meinen Schmerz laut raus. Die Wehen kommen inzwischen so schnell hintereinander, dass ich kaum atmen kann. Ich brauche eine Pause! Du gibst sie mir nicht. „Ich kann das Köpfchen sehen", ruft Andrea. „Machen Sie weiter! Pressen Sie. Es ist gleich überstanden!"

Um mich herum ist alles verschwommen. Meine Tränen fließen wie Bäche. Ich fühle mich schrecklich. Mein Selbstmitleid gewinnt immer mehr Herrschaft über mich. Da ist ein Schrei. Der Schrei eines Babys. Im Bett neben mir wurde ein Kind geboren! Mein Körper erstarrt …

„Das ist Folter! Ich will keinen Schrei eines Kindes hören! Warum machen Sie das mit mir?", schreie ich Schwester Andrea an, aber sie ignoriert mich. Sie hat nur Augen für dein Köpfchen. Ich würge und bekomme kaum Luft. Ich glaube, ich muss kotzen. Die Wehen erschöpfen mich.

„Frau Schneider, bitte pressen Sie. Pressen Sie ein letztes Mal!", schreit Andrea.

„Das ist ein Albtraum! Andrea, ich kann nicht mehr!" „Doch, Sie können. Seien Sie tapfer!" Ich nehme meine ganze Kraft zusammen und presse, drücke, schreie, presse …

Und dann bist du da!

Mein Kind!

Du hast den Himmel erreicht, bevor du das Licht der Welt erblicken durftest. Du bist so unglaublich klein und ganz blau. Aber du hältst dich mit deinen winzigen Händchen an unserer Nabelschnur fest. Als wolltest du mir zeigen, dass du nicht gehen wolltest. Du bist Robert, mein Sohn.

Andrea hält dich behutsam in ihren Händen. Sie kann mich nicht ansehen. „Möchten Sie Ihr Kind in den Arm nehmen?"

„Ja, bitte legen Sie mir meinen Robert auf den Bauch." Andrea legt dich an mein Herz. Du bist ganz warm. Ich streichle dich überall. Deine Augen sind geschlossen. Du siehst so friedlich aus. Wie ein kleiner Engel.

Ganz vorsichtig löse ich deine kleinen Finger von der Nabelschnur. Mein Brustkorb hebt und senkt sich gleichmäßig mit dir. Wir sind eins. Ich liebe dich!

Schwester Andrea deckt uns mit einem weißen Laken zu. „Sie haben so gekämpft. Mein tiefes Mitgefühl." Ich schaue sie aus meinen verweinten Augen an und dann zu dir. Ich habe dich verloren. Das Wort „Mami" wirst du nie sagen.

Professor Kluth steht jetzt an meinem Bett. „Es ist unfassbar und traurig. Aber halten Sie ihren Sohn in den Armen, so lange Sie möchten. Ich werde jetzt die Nabelschnur durchtrennen, damit wir Sie weiter versorgen können, Frau Schneider. Und dann bringt Andrea Sie in unser Abschiedszimmer, in dem Sie so lange bleiben können, wie Sie möchten. In Ordnung?" „In Ordnung." Er schaut zu Schwester Andrea, die zustimmend nickt. Professor Kluth durchtrennt vorsichtig die Nabelschnur, Schwester Andrea räumt auf und säubert alles um unsere Liege herum.

Wie ein großer schwarzer Mantel legt sich die Traurigkeit auf mich. Ich schaue aus dem Fenster. Die Sonne ist nicht mehr zu sehen.

Du liegst ganz ruhig und tot an meinem Herzen. Ich muss mit Torsten sprechen. Er weiß noch gar nichts von unserem Unglück.

„Andrea, können Sie meinen Freund anrufen? Er soll kommen. Er weiß noch gar nicht, was passiert ist." Ich kann kaum sprechen. Niedergeschlagen und verzweifelt schaue ich sie an. Andrea nickt. „Das mache ich gern für Sie."

Ich drücke dich vorsichtig an mich und weine hemmungslos, als Andrea wieder neben dem Bett steht. „Frau Schneider, wir möchten Sie gern in ein Zimmer bringen, wo Sie in Ruhe von ihrem Sohn Abschied nehmen können."

Andrea nimmt dich vorsichtig hoch und legt dich in ein Babybettchen auf Rollen. Ich kann vor Schmerz kaum aufstehen. „Warten Sie, ich helfe Ihnen. Haken Sie sich bei mir ein." Andrea hält mir ihren Arm hin, den ich dankbar annehme. So gehen wir aus dem Kreißsaal und über den Flur bis zu unserem Abschiedszimmer. Andrea schiebt dabei dein Bettchen vor uns her. Der Flur ist voll mit Menschen. Junge, Alte, Kinder. Alle starren uns an.

Das Abschiedszimmer hat keine Fenster. Ein Bett, darüber ein großes Kreuz. Es ist der einzige Raumschmuck. Schwester Andrea stellt dein Bettchen ab.

„Ich sage am Empfang Bescheid, damit Ihr Freund Sie hier schnell findet. Legen Sie sich hin und nehmen Sie sich alle Zeit, die Sie brauchen. Ich habe Ihnen Wasser hingestellt. Und die Babysachen sind für Ihren kleinen Robert."

Auf dem Nachttisch liegen ein weißer Strampler und kleine weiße Söckchen. „Sie sind so lieb zu mir. Danke, Andrea. Ohne Sie hätte ich den Tag heute nicht überstanden. Vielen Dank!" Sie schaut mich traurig an, streichelt mir den Arm und geht.

Ich hole dich aus dem Bett, lege dich auf das Kopfkissen unter dem Kreuz und lege mich daneben. Gemeinsam warten wir auf deinen Vater.

Plötzlich wird die Tür aufgerissen und Torsten steht im Türrahmen. „Gaby … Ich kann es nicht glauben." Er sieht dich auf dem Kissen liegen. „Oh mein Gott! Nein! Mein Sohn!" Sein Blick geht zu mir und wieder zurück zu dir. Er weint laut und hemmungslos, während er sich zu uns auf die Bettkante setzt.

„Der Kleine ist schon vor zwei Tagen gestorben. Und ich habe es nicht gemerkt." Ich weine. Torsten zittert am ganzen Körper. „Das haben wir nicht verdient. Warum trifft uns so ein Schicksalsschlag? Warum?" Ich kann nicht antworten. „Ich möchte ihm gern den kleinen Strampler anziehen, bevor er seinen letzten Weg geht. Hilfst du mir dabei?"

Torsten schaut mich mit tränengefüllten Augen an. Er schüttelt den Kopf und weint: „Ich kann das nicht! Ich kann das nicht. Es tut mir leid, aber ich muss hier raus." Er springt auf und stürzt aus der Tür.

Wir sind wieder allein. Ich nehme dich behutsam vom Kopfkissen und wickle das Tuch ab, in das dich Andrea eingehüllt hat. Dein kleiner bläulicher Körper ist ganz kalt. Deine Arme und Beine lassen sich gar nicht mehr richtig bewegen. Mir laufen die Tränen runter und sie tropfen auf deinen kleinen nackten Körper. Du siehst so friedlich aus. Noch einmal küsse ich dich auf deine Stirn, deine Augen, deine Nase und dein Herz. Ich liebe dich, kleiner Robert. Ich versuche, dir vorsichtig den Strampler anzuziehen, aber es gelingt mir nicht. Der kleine Körper ist nicht mehr beweglich. Ich wickle dich wieder in das weiße Tuch, lege dich in das kleine Bett und drücke den Klingelknopf. Kurz darauf ist Andrea da.

„Ich möchte jetzt gehen. Ich habe es nicht geschafft, Robert den Strampler anzuziehen. Lassen Sie ihn bitte das Tuch anbehalten. Ich habe keine Kraft mehr." Ich schaue sie resigniert an.

„Das ist völlig in Ordnung. Ich werde mich um alles Weitere kümmern. Und sie versuchen, zu Kräften zu kommen. Ich habe Ihnen auf der benachbarten Station 1 ein Zimmer hergerichtet. Ihr Freund weiß Bescheid. Kommen Sie mal her."

Sie geht auf mich zu und nimmt mich in den Arm. Diese Umarmung tut so gut. „Ich danke Ihnen für alles", flüstere ich, schaue ein letztes Mal in dein Gesicht und muss dann raus aus dem Zimmer, bevor ich durchdrehe.

Torsten sitzt auf dem Flur, wartet auf mich und weint. Sein Körper zittert. Ich ziehe ihn hoch. „Lass uns auf mein Zimmer gehen." Hand in Hand gehen wir wortlos und traurig den Gang hinunter, raus aus der Entbindungsstation, hinein in ein Leben ohne dich.

Als ich am nächsten Morgen wach werde, tut mir alles weh. Ich schaue mich um und stelle fest, dass ich allein im Zimmer bin. Der Blick aus dem Fenster ist deprimierend. Es regnet in Strömen. Auf meinem Nachttisch steht ein Tablett mit Frühstück, aber ich habe keinen Hunger. Ich fühle mich unendlich leer. Es ist kurz nach acht Uhr und auf der Station herrscht schon reges Treiben, als die Tür aufgeht.

Professor Kluth und Schwester Andrea kommen rein. „Guten Morgen, Frau Schneider, konnten Sie ein wenig zur Ruhe kommen? Der gestrige Tag hat ja einiges von Ihnen gefordert." Er schaut mich freundlich an, aber seine Augen sehen sehr ernst aus. „Ja, ein paar Stunden hab' ich schlafen können. Was haben Sie mit Robert gemacht? Kann ich ihn noch einmal sehen?", frage ich schwach.

„Leider nein, Frau Schneider. Das Gesetz gibt vor, wie wir mit einem Kind, das tot geboren ist, umgehen müssen. Wir haben Ihren kleinen Sohn verbrannt." Er schaut mich voller Mitleid an. „Ich kann ihn nicht beerdigen?", frage ich vorsichtig. „Nein. Sie müssen keine Grabstätte anlegen. Die Erfahrung zeigt, dass es Müttern von Sternenkindern einfacher fällt, wenn sie kein Grab besuchen müssen." Ich nicke. „Ja. Ich glaube, mir ist es auch lieber, meinen Robert nicht auf dem Friedhof besuchen zu müssen. Ich kann ihn so besser im Herzen behalten."

„Frau Schneider, ich untersuche Sie nach der Visite noch einmal. Wenn alles in Ordnung ist, dürfen Sie heute Mittag nach Hause. Ich denke, Sie werden dort besser zu Kräften kommen als hier. Andrea, bringen Sie Frau Schneider doch bitte gegen 11.30 Uhr ins Untersuchungszimmer."

Ich fühle mich hundeelend, aber ich muss mich jetzt zusammenreißen. Du kommst nicht zurück, egal, wie sehr ich mir das wünsche. Ich muss ohne dich weiterleben. Du bist bereits verbrannt, du bist Asche. Nicht mehr hier.

„Ich werde um 11.30 Uhr hier abholbereit sitzen." Ich lächele den Professor und Schwester Andrea an. „Es muss ja weitergehen." Die beiden verabschieden sich.

Ich schlage die Bettdecke zurück und sehe, dass das ganze Laken voller Blut ist. Auch das grüne OP-Hemd, das ich noch trage, ist blutverschmiert. Sofort sind die Bilder von gestern wieder in meinem Kopf. Du liegst auf dem Kopfkissen unter dem Kreuz.

Meine Reisetasche, die ich für die Geburt vor Wochen gepackt hatte, hat Torsten mir gestern mitgebracht. Ich nehme meinen Kulturbeutel und frische Unterwäsche und gehe ins angeschlossene Badezimmer.

Ich dusche lange und lasse das heiße Wasser über meinen schmerzenden Körper laufen. Kleine Rinnsale von Blut laufen mit dem

Wasser in den Abfluss. Ich seife meinen Körper immer wieder neu ein und streichle über den nun leeren Bauch. Meine Tränen vermischen sich mit dem Wasser und ich schaffe es nicht, die gestrigen Bilder zu verdrängen, dich zu vergessen. Und ich will und werde dich auch nie vergessen! Ich drehe das Wasser ab, trockene meinen Körper, putze mir die Zähne und streife mir die frische Wäsche über.

Ein bisschen besser geht es mir. Ich packe meine Sachen zusammen und setze mich wieder auf das Bett. In der Schublade vom Nachtkasten sind meine Uhr und mein Schmuck. Mein Blick fällt auf den teuren Verlobungsring. Für in knapp vier Wochen ist unsere Hochzeit geplant. Sollen wir überhaupt noch heiraten? Ich fühle mich so leer.

Um 11.30 Uhr steht Andrea in der Tür. „Frau Schneider, ich bringe Sie jetzt zur Untersuchung. Ich habe übrigens Ihren Freund informiert, dass er Sie gegen 13 Uhr besuchen, vielleicht sogar mitnehmen kann. Ich hoffe, das ist in Ordnung für Sie?“

Das Laufen fällt schwer, mein Unterleib schmerzt, aber die Untersuchung zeigt, dass ich die Geburt gut überstanden habe und nach Hause darf.

Nach Hause. Habe ich jetzt noch ein Zuhause? Ich habe Angst in die Wohnung zu kommen. Das Kinderzimmer ist doch komplett eingerichtet. Was soll ich denn jetzt mit all den Sachen machen? In Gedanken versunken laufe ich langsam zu meinem Zimmer zurück, vor dem Torsten bereits wartet.

Wir nehmen uns ganz fest in den Arm. Torsten weint. Ich habe keine Tränen mehr. „Meine Tasche ist gepackt, die Untersuchung war in Ordnung, lass uns einfach gehen.“

Torsten holt die Tasche aus dem Zimmer, nimmt mich an die Hand und wir verlassen die Klinik. Wir sprechen beide nicht. Auch nicht während der Fahrt durch die Stadt. Als Torsten den Wagen vor unserem Haus parkt, wird mir übel.

„Ich habe so große Angst, in die Wohnung zu gehen!“ „Die musst du nicht haben! Michael freut sich auf dich. Er hat die nächsten Tage Urlaub, sodass du nicht alleine bist. Und ich bin am Abend auch für dich da.“ Torsten holt die Tasche aus dem Auto, nimmt meine Hand und versucht, zu lächeln. „Komm!“

Langsam steige ich aus und gehe in Richtung Eingangstür. Mein ganzer Körper friert und zittert. Ich spüre die Anstrengung der letzten Stunden und eine bleierne Müdigkeit in mir hochkriechen. Torsten hilft mir die Stufen nach oben und öffnet die Wohnungstür.

Michael steht im Flur und hält einen riesigen Strauß Rosen in den Händen. „Komm her, lass dich drücken! Es tut mir so unendlich leid, was euch widerfahren ist. Mir fehlen die Worte!" Er drückt mich ganz fest. Es tut mir gut.

Ich starre auf die Tür, hinter der das Kinderzimmer liebevoll eingerichtet ist. Eine Welle der Trauer übermannt mich. Ich kann meine Tränen nicht zurückhalten. „Komm, ich zeige dir deinen neuen Rückzugsort." Er schiebt mich in Richtung Kinderzimmertür.

„Ich kann das nicht. Ich kann nicht in diesen Raum gehen. Michael, lass das!" Ich wehre mich dagegen, auch nur einen Schritt weiterzugehen. Michael lässt mich los und öffnet die Tür, hinter der meine ganze Hoffnung lag. In diesem Zimmer sollte der kleine Robert aufwachsen.

„Gaby, bitte. Schau dir das Zimmer an. Wir haben es in Nachtarbeit für dich eingerichtet. Bitte! Alle Möbel sind entsorgt. Die Wände sind hellorange gestrichen. Der Fußboden ist mit einem neuen Teppichboden ausgelegt und in der Mitte des Zimmers ist eine riesengroße Matratze für Dich, mit vielen Kissen und Decken."

Ich schaue nicht in das Zimmer, sondern nehme Torsten und Michael in den Arm und wir weinen alle drei um dich.

„Es ist so lieb von euch, aber heute kann ich einfach noch nicht in diesen Raum gehen. Verzeiht mir."

Die nächsten Tage und Wochen verbringe ich in einer Wolke aus Trauer. Der 4. Juli ist mit Abstand der traurigste Tag in dieser Zeit. Mein Vater und Robert hätten beide gemeinsam ihren Geburtstag feiern sollen. Aber beide sind tot.

Torsten versucht alles, um mich aufzumuntern und mich zu ermutigen, wie geplant zu heiraten. „Gaby, wir haben unseren Sohn verloren, aber wir beide müssen trotzdem weiterleben. Lass uns heiraten. Wir haben doch noch die Chance auf ein Kind. Auch wenn der Schmerz tief sitzt und es unbegreiflich ist, dass unser Robert gestorben ist, wir können es einfach nicht ändern." Er sitzt mit traurigen Augen vor mir und hat meine Hände in seine gelegt. „Du hast recht. Lass uns heiraten, lass uns versuchen, ohne Robert weiterzuleben. Wir werden ein zweites Kind bekommen und gute Eltern sein."

Mit dieser Entscheidung geht es mir besser. Nach einer kleinen Hochzeitsfeier im engsten Freundeskreis fange ich schließlich wieder an zu arbeiten. Abends ziehe ich mich in mein Zimmer zurück und bewältige jeden Tag mehr den Schmerz um unseren verlorenen Sohn.

Ich gebe die Hoffnung nicht auf. Eines Tages werde ich Mutter eines gesunden, lebendigen Kindes sein.

# Max und die blöde 6

Seit dem letzten Geburtstag von Piet und Robert sind inzwischen vier Monate vergangen und der Alltag hat uns wieder.

Die Wochenenden verbringen wir Nordlichter oft an unterschiedlichen Orten. Piet sitzt als TV-Journalist meist auf irgendeinem Übertragungswagen und produziert schöne Bilder für Basketball- oder Handballsendungen, Max spielt irgendwo in Bayern Basketballturniere – und ich verbringe viel Zeit im Fernsehstudio. Die Entscheidung, sich selbstständig zu machen, war richtig. Dummerweise sind die Arbeitszeiten bei freien Mitarbeitern nicht geregelt, und Urlaubs- oder Krankengeld gibt es auch nicht. Selbst und ständig lautet unsere Devise.

Maximilian kommt gut damit zurecht, dass wir nicht immer zu bürgerlichen Zeiten zu Hause sind. Er geht seinen Weg. Seit er zwölf Jahre alt ist, spielt er Basketball beim FC Bayern München und hat es bisher in die Bayerische Auswahl geschafft, wurde für die U15 Nationalmannschaft nominiert und träumt heimlich davon, eines Tages in der NBA zu spielen.

Schuld daran ist ein gewisser Dirk Nowitzki. Die erste Begegnung mit dem Superstar der Dallas Mavericks fand 2005 im Münchner Olympiastadion statt. Piet hatte den kleinen Max in einem übergroßen Dallas-Trikot mit Dirks Nummer 41 mitgenommen, um für ihn ein Autogramm zu ergattern. Dirk saß auf der Bühne und stellte sich den Fragen der Journalisten. Max war sich noch gar nicht dessen bewusst, was für ein Wahnsinnssportler da saß und fand es schnell langweilig. In seinem „Trikot-Kleid“ begann er vor der Bühne hin- und herzulaufen. Bis Dirk Nowitzki plötzlich aufstand. Der Riese schaute auf den Minimax und raunzte: „Hey, das ist mein Shirt. Komm mal her, Kleiner!“

Max erschrak, kletterte aber mutig und unter dem Lachen der Journalisten auf die Bühne. Nach einem sportlichen Handshake gab es die Unterschrift auf die Rückseite des Trikots und ein kräftiges High Five. Die Fotos dieser spontanen Begegnung waren am nächsten Tag in allen Zeitungen abgedruckt. Max und Dirk – eine Männerfreundschaft begann.

Mit zehn Jahren nahm Max an einem Preisausschreiben der Bildzeitung teil. Der Gewinn: „Begleite Dirk Nowitzki einen Tag lang in Hamburg bei seinem neuen Werbedreh!“ Max und zwei weitere junge Basketballfans gewannen diesen Hauptpreis und erlebten einen unvergesslichen Tag mit ihrem Idol. Bei der Verabschiedung stand Max' Entschluss längst fest: Ich werde ein zweiter Dirk.

Aber vor dem Erfolg steht harte Arbeit. Jeden Tag wird beim FC Bayern trainiert, an Wochenenden gibt es Spiele und nebenbei muss das Gymnasium in acht Jahren geschafft werden. Max scheint diesem Druck gewachsen zu sein. Bisher haben wir keinerlei Grund zur Sorge gehabt, dass die Schule unter dem Sport leidet. Bis heute …

„Mama, du musst in die Schule zum Direktor. Meine Religionslehrerin will mit dir und dem Direx sprechen. Sie hat mir eine 6 für mein Bild gegeben.“ Max schäumt vor Wut. Ich höre, wie er seinen Schulranzen in sein Zimmer pfeffert.

„Du hast eine 6 in Religion? Wie hast du das denn hinbekommen?“

Ein bockiges Kerlchen antwortet: „Frag doch die Lehrerin. Du musst auf jeden Fall morgen um zwölf Uhr in der Penne sein.“

„Max, sie gibt dir doch nicht einfach so eine 6. Was hast du denn nicht gewusst?“

Max schaut mich wütend an. „Ich habe ein Bild gemalt. Wir sollten unsere Familie an einem großen Tisch malen. Und am Tisch sollten alle einen Platz zum Essen haben. So wie Weihnachten. Und ich habe für meine vier Brüder auch einen Platz gemalt. Mit Tellern und Gläsern. Und jetzt habe ich dafür eine 6 bekommen, weil Frau Lietze behauptet, dass ich mit Absicht zu viele Teller gemalt hab. Und als ich ihr sagte, dass ich vier tote

Brüder habe, hat sie laut gelacht und gesagt, das könne ja jeder behaupten. Das hat mich so wütend gemacht, dass sie mir nicht geglaubt hat. Als ich ‚blöde Kuh' gesagt hab, ist sie ausgerastet. Jetzt musst du hin."

Ich muss laut lachen. Und bewundere insgeheim meinen Sohn, wie er mit unserer Familiengeschichte umgeht. „Max, kein Problem! Ich werde der Frau Lietze einfach erklären, dass du mit meinen Sternenkindern groß geworden bist, und ich bin mir sicher, dass die 6 dann verschwindet!"

Als ich Piet am Abend die Geschichte erzähle, muss er auch lachen. „Weißt du noch, als wir beim Handballturnier in Ehingen waren und Max ein Malbuch von einem Promotion-Mädchen angeboten bekommen hat? Als er das Buch zögerlich nahm und das Mädchen meinte, er könne auch für seine Geschwister weitere Malbücher mitnehmen? Ich werde nie vergessen, wie entsetzt sie geschaut hat, als Max ihr sagte, dass seine vier Brüder alle tot sind."

# Priwall, wir kommen!

Piet und Max sitzen am Küchentisch und hängen mit ihren Köpfen über den Tellern. Mit Königsberger Klopsen nach dem Rezept von Piets Mutter, unserer Oma Ekka, mache ich meine Männer immer wieder glücklich! „Mama, es sind die besten Klopse, die du je gemacht hast!“

„Mich freut sehr, dass es euch schmeckt. Und zum Nachtisch habe ich für euch eine ganz besondere Überraschung! Ich habe heute Morgen ein Haus am Priwall gebucht. Wir werden in den zwei Wochen Weihnachtsferien einfach mal die Seele baumeln lassen. Was sagt ihr dazu? Am Strand lange Spaziergänge machen, die Ruhe genießen ... Das Haus ist fantastisch ausgestattet. Wir haben einen Whirlpool, eine Sauna und, hör gut zu, Max: eine Playstation!“

Ich schaue die beiden erwartungsvoll an. „Klasse, Mama. Ich freue mich, aber im Moment sind die Klopse wichtiger.“ Max grinst mich breit an. „Piet? Was sagst du?“ „Süße, du weißt doch. Mit dir gehe ich bis ans Ende der Welt. Aber Max hat recht. Diese Klopse sind gerade wichtiger!“

„Ganz ehrlich? Wenn ihr Klopse lieber mögt als den Priwall, dann fahre ich eben allein, und ihr fahrt nach Königsberg zu den Klopsen!“ Ich versuche, beleidigt zu sein, aber es gelingt mir nicht. Zu groß ist die Freude auf meinen Priwall.

Als kleines Mädchen habe ich hier die schönste Zeit meiner Kindheit erlebt und mein Herz verloren. Jedes Jahr sind meine Eltern und ich im Sommer dorthin an den Strand gefahren. Ich kenne jeden Zentimeter dieser naturbelassenen Halbinsel, die direkt gegenüber von Travemünde liegt. Allein der Gedanke an den langen Strand und die gute Luft lässt mich entspannen.

In den letzten Wochen im Oktober und November hatte ich über hundert Shows mit meinen Kerzen und ich merke, wie mein Akku langsam leerer und mein Nervenkostüm dünner wird.

Umso mehr freue ich mich jetzt auf die Tage am Priwall. Urlaub auf dem schönsten Flecken der Erde mit meinen beiden Herzensmenschen, die ich unendlich liebe. Das Leben ist einfach schön.

Max schaut mich irritiert an. „Alles in Ordnung, Mama? Warum grinst du so?" „Weil ich mich einfach freue. Auf den Priwall und darüber, dass ihr eure Teller so blitzblank aufgegessen habt."

# Weihnachten 2015

Von München bis Lübeck-Travemünde haben wir über acht Stunden in überfüllten Zügen gesessen, die Umsteigezeiten auf kalten Bahnhöfen zugebracht und nun endlich die Fähre von Travemünde Richtung Priwall erreicht. Nach 900 weiteren Metern sind wir am Ziel.

Das von mir gebuchte Haus liegt in einer großen Feriенhaussiedlung, die früher ein Zeltplatz war. Hier wollte ich unbedingt hin, denn ich liebe die Erinnerungen an die Campingurlaube meiner Kindheit.

Die alten Kiefern, die uns Campern früher kühlenden Schatten gespendet haben, sind abgeholzt, und die weichen Waldböden sind inzwischen geteerte Wege. Der Kiosk, an dem ich als Mädchen frische Brötchen und die Zeitung gekauft habe, ist heute die Rezeption des Feriendorfes. Hier liegt unser Schlüssel für zwei Wochen Glück.

Als Kind habe ich von morgens bis abends am Strand gespielt, im Meer gebadet, Muscheln gesammelt, Quallen aufgespießt, bin mit dem Fahrrad über die Insel gefahren und fühlte mich wie Pippi Langstrumpf. Frei, unbeschwert und glücklich. Ich kenne diese Halbinsel wie meine Westentasche. Es war der größte Spaß, am damaligen Grenzzaun zu stehen und den Soldaten der DDR auf den Überwachungstürmen die Zunge rauszustrecken und Grimassen zu schneiden. Die Grenze gibt es nicht mehr. Dafür zusätzlichen kilometerlangen Sandstrand.

Wir kommen weit nach Mitternacht an unserem Ferienhaus an. Piet, Max und ich sind völlig erledigt von der anstrengenden Reise. Keiner hat mehr Lust, sich das Haus genauer anzuschauen. Wichtig ist nur noch ein Schlafplatz. Wir stellen die Koffer in die

Ecke und fallen todmüde ins Bett. Ich werde durch Sonnenstrahlen geweckt, die durch die Gardine spitzeln. Meine Augen sind noch ganz müde und ich kann sie nur ein ganz kleines bisschen öffnen. Aber als ich den strahlend blauen Himmel sehe, bin ich hellwach.

Was für ein Tag!

Piet liegt neben mir und schläft tief und fest. Ich stehe vorsichtig auf und gehe auf Zehenspitzen aus dem Schlafzimmer. Ich wage einen kurzen Blick ins Kinderzimmer und stelle beruhigt fest, dass auch Max seelenruhig schlummert.

Der Reiseveranstalter hat in seinem Prospekt nicht übertrieben. Unser Haus liegt in einer wunderschönen Dünenlandschaft.

In der Küche steht eine Kaffeemaschine, die ich als Allererstes ausprobiere. Während der Kaffeeduft durch das Haus zieht, schaue ich mich um. Die Ausstattung des Hauses ist geschmackvoll. Lichtdurchflutete Räume, gemütliche Möbel, eine Sauna, ein Whirlpool. Ich bin mit meiner Wahl äußerst zufrieden.

Mit einer frischen Tasse Kaffee in der Hand schaue ich aus dem Fenster. Der Himmel ist stahlblau und die Sonne strahlt. Mein Herz hüpft vor Freude. So fängt Urlaub richtig an.

„Alles richtig gemacht, Süße! Bekomme ich auch einen Kaffee?" Piet steht hinter mir und sieht ausgeschlafen aus. „Klar bekommst du einen Kaffee. Und dieses Haus ist übrigens wirklich eine Wucht. Wir haben sogar einen Kamin!" Ich strahle jetzt vor Begeisterung mit der Sonne um die Wette.

„Ich mache das Feuer heute Abend", kommt es aus dem Hintergrund. Max ist auch aus dem Bett gekrochen. Ein warmes Gefühl durchströmt mich. Ich habe einen liebevollen Mann und einen wunderbaren Sohn! Meine kleine Familie, auf die ich so stolz bin und mit der ich für zwei Wochen gemeinsam Urlaub auf meiner Lieblingsinsel mache.

„Wir werden jetzt einkaufen, dann gemeinsam kochen, eine gute Flasche Wein öffnen und Max danach mit Geschenken überhäufen! Was haltet ihr davon?" Ich schaue erst Piet, dann Max fragend an. „Guter Plan, Mami!"

Max ist heute besonders handzahm. Ich bin mir sicher, dass die Aussicht auf Geschenke der Grund für seine gute Laune ist. Es dauert keine halbe Stunde und wir sind startklar. Der Priwall ruft!

„Bevor wir einkaufen gehen, lasst uns einmal um die Insel laufen. Nach der langen Zugfahrt gestern möchte ich mich einfach nur bewegen, die klare Meeresluft genießen, die Wellen rauschen hören. Habt ihr Lust?" Ich lache meine beiden Männer an. „Wir haben ja alle Zeit der Welt!", antwortet Piet. „Urlaub!", ruft Max freudig. „Und nachher Geschenke!"

Direkt vor unserer Haustür liegt ein riesiges Naturschutzgebiet. Hier leben noch Schwäne und Vögel, die unter Artenschutz stehen. Unzählige Sanddornbüsche säumen unseren Weg. Die Natur ist hier unzerstört. Über uns kreischen Möwen und aus der Ferne ist das dumpfe Tuten der Fährschiffe zu hören, die am Skandinavien-Kai vor Anker liegen.

Wir laufen Richtung Trave. Das Tuten der Schiffe wird lauter. Und nach einigen gelaufenen Metern stehen wir direkt vor den riesigen Pötten.

Nur die Trave trennt uns vom Skandinavien-Kai. Ein paar Angler sitzen am Ufer und versuchen ihr Glück, für den heutigen Heiligabend noch einen frischen Fisch an den Haken zu kriegen. Sie lassen sich weder von den Schiffen noch von uns dreien ablenken.

Was für ein herrlicher Fleck Erde. Vor uns die Trave, die von hier in die Ostsee fließt, neben uns die Wiek, die früher zur DDR gehörte und heute Tummelplatz von hunderten Schwänen ist. Max entdeckt einen riesigen Baumstamm, der wie für uns ans Ufer gelegt wurde. Wir setzen uns und beobachten das Treiben am Kai.

Die Sonne hat eine unglaubliche Kraft. Wir haben heute den 24. Dezember und können in dünnen Jacken am Wasser sitzen.

Ich schließe die Augen und genieße die vielen unterschiedlichen Geräusche, die so anders klingen als der Großstadtlärm. Die Wellen schlagen im gleichmäßigen Takt gegen das Ufer, Enten quaken, kleine Motorboote tuckern vorbei, Kräne löschen ein Schiff und Autos fahren die Rampen von den Fähren rauf und runter.

Schon als kleines Mädchen waren diese Geräusche Musik in meinen Ohren. Ich muss lächeln.

In Gedanken nimmt mein Vater neben mir Platz. Ich kann ihn jetzt sogar riechen. Ich sehe sein Gesicht vor mir. Er lächelt mich an. Ein ganz warmes, wohliges Gefühl macht sich in mir breit. Wie gern würde ich jetzt seine Hand nehmen und meinen Kopf an seine Schulter lehnen.

Papa, warum hast du mich so früh allein gelassen? Ich hätte dich in so vielen Situationen in den letzten Jahren um Rat fragen müssen.

Ich habe mir immer gewünscht, du wärst an meiner Seite gewesen, als ich meine Kinder verloren habe. Du hättest mich getröstet.

Du wärst der Mann gewesen, dem ich Piet als allerersten vorgestellt hätte, um Deine Meinung zu hören. OK, wir waren bestimmt nicht immer einer Meinung, haben uns auch gestritten, aber bei Piet wären wir uns einig.

Als ich in der Charité auf Max Geburt gewartet habe, warst du in Gedanken mein Halt und Piet neben mir im Kreißsaal. Ihr beide seid meine Felsen und würdet Euch prächtig verstehen.

Wie schön wäre es, wenn du jetzt hier wärst und mit unserem Max an der Hand die Wege gehen könntest, die wir beide in unseren Urlauben gegangen sind. Ihr beide würdet Sandburgen bauen und euch im Wasser vergnügen. Ich sehe euch beide vor mir. Lachend und glücklich.

Du hättest es bestimmt auch geschafft, dass er mit dir in die Fischbratküche geht wie ich als kleines Mädchen. Weißt Du noch, wie oft wir dort gesessen haben? Rotbarschfilet mit Kartoffelsalat war Dein Lieblingsgericht.

Max ekelt sich allerdings vor Fisch so sehr, dass er sich gern mal vor einer Fischtheke im Supermarkt übergibt. Also die Liebe zum Fisch hast du ihm definitiv nicht vererbt. Aber du würdest ihn lieben, das weiß ich. Obwohl er dich nur von Bildern und meinen Erzählungen kennt, bist du sein Opa.

Ich habe ihm bei einer Reise nach Sylt das Stellwerk gezeigt, auf dem du als junger Beamtenanwärter gearbeitet hast.

Ich habe ihm erzählt, dass du all deine Pausen genutzt hast, um Bernsteine im Watt zu sammeln, weil du immer ganz allein auf dem Stellwerk am Hindenburgdamm warst. Max fand die Geschichten von dir immer spannend und hat mich mit Fragen gelöchert. Lustigerweise liebt Max auch Steine jeder Art. Schade, dass Du grad nicht sehen kannst, mit welcher Freude er Steine ins Wasser wirft, nachdem er sie mühevoll zusammengesammelt hat.

Ich öffne meine Augen, um mir einen kurzen Blick auf Max zu gönnen und sehe einen glücklichen Jungen an der Trave. Schnell schließe ich sie wieder, denn ich möchte nicht dieses warme Gefühl verlieren, das mich gerade durchflutet.

Papa, ein bisschen was von dir steckt in ihm, denn auch Max kennt keine Langeweile. Er weiss sich immer zu beschäftigen – wie du auch. Ich habe dich selten stillsitzend erlebt

Weißt Du, was Max nach meinen vielen Geschichten von dir lange Zeit werden wollte? Lokführer. Er wollte mit dem Zug um die ganze Welt fahren.

Im Kinderzimmer stand seine Lego-Eisenbahn, die immer und immer wieder ihre Runden um den beleuchteten Globus gefahren ist. Ich bin mir sicher, dass du dich neben ihn gesetzt und ihm Geschichten erzählt hättest.

Mensch, Papa, du fehlst mir heute ganz besonders. Das muss an Weihnachten liegen, denn in jedem Jahr seit deinem Tod wird mir mein Herz um die Feiertage besonders schwer.

Ich konnte dich nach deiner Beerdigung viele Jahre nicht auf dem Friedhof besuchen. Obwohl du einen wunderschönen Grabstein und ein schön gestaltetes Grab hast, schmerzt mich diese Endgültigkeit, dass du nicht mehr auf der Erde bist.

Als Max grösser wurde und mich immer wieder fragte, wo du auf dem Friedhof wohnst, habe ich mich überwunden.

In einfühlsamen Gesprächen habe ich Max damals erklärt, dass seine vier Brüder genau wie du im Himmel sind und du als Opa auf die Jungs aufpasst. Max fand die Vorstellung ganz spannend, dass du mit seinen Brüdern auf Wolken sitzt und spielst. Er schaute mich mit seinen großen, blauen Augen an und meinte, dass er mitspielen möchte. Mir liefen die Tränen runter und ich erklärte ihm, dass er euch dort nicht besuchen kann. Du aber ab und zu aus dem Himmel auf die Erde kommst und dann auf dem Friedhof wohnst. Seine Augen strahlten und es war klar, dass ich nun mit ihm auf den Friedhof musste.

Es fiel mir schwer, den Weg zu gehen, den ich das letzte Mal bei deiner Beerdigung ging. Dein Grab sah wunderschön aus. Trotzdem musste ich weinen. Max stand neben mir und drückte ganz fest meine Hand.

Ich nahm ihn auf den Arm und erzählte ihm, dass dich jedes einzelne Blümchen auf dem Grab beschützt und sie deshalb ganz gut behandelt werden müssen. Und durch die Erde, die zwischen den Blümchen liegt, kannst du uns anschauen. Und wenn man die Erde von Blättern befreit, kannst du uns noch besser sehen. Als ich Max vom Arm runterließ, ging Max auf das Grab, streichelte jede Blume und sammelte die vereinzelten Blätter von der Erde. Ich stand da und hoffte inständig, dass du uns beide sehen kannst.

Von diesem Tag an haben wir dich oft besucht. Es fiel mir von Mal zu Mal leichter, dich zu besuchen, weil der kleine Max so unbefangen mit deinem Tod umging.

„Gaby, bist du eingeschlafen?" Piet hat sich neben mich auf den Baumstamm gesetzt. „Max und ich wollen weiter." „Bitte, noch fünf Minuten. Es ist gerade so schön hier."

„Na gut, dann bleib noch sitzen, wir laufen langsam weiter." Piet drückt mir einen Kuss auf die Wange und geht.

Siehst du, Papa, ich habe den besten Mann der Welt. Er kann mir keinen Wunsch abschlagen. Im Gegensatz zu dir. Kannst du dich noch an unsere Wohnung im Eisenbahnerblock erinnern? Ich weiß noch, wie ich geheult habe, als du eines Abends von der Schicht nach Hause gekommen bist. Und mir erzählt hast, dass du ein Haus baust und wir dann aus dem Block ausziehen und ich zur Schule muss – und alle meine Freunde verliere. War das ein furchtbarer Abend. Ich habe die Welt nicht mehr verstanden. Du hast mir versucht zu erklären, wie wichtig es ist, ein eigenes Haus zu haben. Aber ganz ehrlich? Mit fünf Jahren war mir das völlig egal. Ich wollte einfach nicht weg und habe den ganzen Abend Theater gemacht, bis du mich wütend ins Bett geschickt hast.

Dieser Abend veränderte mein Leben. Mir ging es tagelang schlecht, weil ich weder umziehen noch zur Schule gehen wollte. Ich habe jeden Abend gebetet, dass das neue Haus nicht fertig wird. Ohne Erfolg.

Ein paar Wochen später standen überall Kartons in unserer Wohnung rum. Schränke und Schubladen waren leer. Ich hatte im Kinderzimmer keinen Platz mehr zum Spielen, weil sich auch hier die Kartons stapelten. Alle Teppiche waren aufgerollt und an die Wand in unserem Kinderzimmer gestellt. Und dann kam tatsächlich der letzte Abend im Eisenbahnerblock.

Im Kinderzimmer war es dunkel, bis auf einen schmalen Lichtstrahl vom Flur, der unter der Tür durchfiel. Es war gespenstisch. Die gestapelten Kartons sahen für mich aus wie riesige Monster. Ich hatte fürchterliche Angst. „Ich bin klein, mein Herz ist rein …“, fing ich an zu beten.

Durch die Zimmerdecke waren laute Stimmen, Gelächter und Musik zu hören.

Ihr habt mit allen Nachbarn Abschied gefeiert und ich konnte vor lauter Panik, dass ich aus meinem Zimmer ausziehen muss, nicht schlafen.

Heute weiß ich, dass du es damals nur gut mit uns gemeint hast. Aber wenn ich ganz ehrlich zu dir bin … in jenen Tagen wollte ich einen neuen Papa. Mir läuft ein Schauer über den Rücken und ich schäme mich für diesen furchtbaren Gedanken!

„Mama, komm jetzt endlich weiter. Ich habe Hunger.“ Zwei-Meter-Max steht direkt vor mir und taucht mich in Schatten.

„Ja, klar gehen wir weiter. Ich dachte, ihr seid schon längst los!“, versuche ich so fröhlich wie möglich zu wirken.

Ich schaue in den Himmel und umarme dich in Gedanken ganz fest, Papa. Schöne Weihnachten. Ich stehe ruckartig auf und bin wieder im wahren Leben.

Der weitere Weg zur Priwallfähre ist sandig und schlängelt sich nah am Ufer lang. Links liegen noch immer Fährschiffe und rechts sind Bäume und Sträucher so dicht beieinander, dass man nicht durchsehen kann.

Der Wind weht durch meine Haare und kühlt meinen Kopf. Noch immer spuken darin die Szenen meiner Kindheit herum.

Hand in Hand schlendern Piet und ich hinter unserem Sohn Max her, der eine riesige Freude daran hat, immer wieder Steine in die Trave zu werfen. Zum Glück trifft er nicht die kleinen Enten, die neben uns im Wasser schwimmen.

Der Fährhafen ist inzwischen deutlich zu sehen. Die Fähre verbindet den Kurort Travemünde und den Priwall. Vor der Grenzöffnung waren diese Fähren für Besucher die einzige Möglichkeit auf die Insel rauf und wieder runter zu kommen. Am heutigen Heiligabend fahren zwei Fähren parallel, voll beladen mit Autos, Fahrrädern, Urlaubern und Einheimischen.

Ich liebe es, wenn die schrille Glocke beim An- und Ablegen der Fähren ertönt. Auf beiden Seiten haben sich lange Schlangen von Autos gebildet, die auf die Verladung warten. An den Kassenautomaten drängeln sich Menschen, die nach Travemünde möchten.

„Wollen wir auf einen Kakao nach Travemünde fahren?“, fragt Piet. „Nein, Papa, lass uns lieber zu Opa Klaus!“, antwortet Max ganz in meinem Sinn.

Vorbei an all den Wartenden schlagen wir den Weg zum Yachthafen ein. Ein paar Meter weiter liegen kleine Yachten und Schiffe, die noch nicht aus dem Wasser geholt wurden.

Seit Jahrzehnten hat Opa Klaus sein „Büdchen“ an derselben Stelle. Ich muss an meinen verstorbenen Vater denken. Wie gern habe ich hier bei Klaus ein Eis gegessen.

„Ach, Papa, du fehlst mir! Warum hast du mich viel zu früh alleingelassen? Mir fehlen deine guten Ratschläge und dein klarer Verstand,“ denke ich für mich.

Klaus hat sich nicht verändert. Seine Wangen sind rot und die Augen schauen trotz seines hohen Alters ganz klar. Er lächelt über das ganze Gesicht, als er uns sieht. Das sind die schönen Momente im Leben.

„Wie immer, ihr drei? Heißer Kakao mit Sahne?“ Opa Klaus schaut uns fragend an. „Genau das brauchen wir jetzt! Wie geht es dir, Klaus?“ Ich lächele ihn an, und wie ein Wasserfall erzählt Opa Klaus von den letzten Monaten seines aufregenden Ostsee-Lebens, während er die heiße Schokolade zubereitet. Klaus gibt mir immer wieder das Gefühl, dass die Zeit stehen geblieben ist.

Max und Piet haben sich an einen der drei Tische gesetzt und warten auf den Kakao. Ich bin sehr glücklich, als ich sehe, wie unglaublich nah sich Vater und Sohn sind. Max streichelt Piet gerade über die Glatze und Piet streichelt Maxis Wange. Danke für diese beiden sensiblen Mannsbilder.

Ich setze mich zu ihnen und genieße die geschmolzene Schokolade, die Opa Klaus uns gebracht hat. Sie wärmt nicht nur den Bauch, sondern auch mein Herz. Langsam entspanne ich und der Stress fällt nach und nach von mir ab.

Mein Blick geht über die kleinen Segelschiffe, die im Hafenbecken liegen. Auf der anderen Seite der Trave ist die zauberhafte Kulisse von Travemünde zu sehen. Überall an den Giebeln der Geschäftshäuser sind Lichterketten angebracht. Auch die vielen Schiffe im Travebecken sind weihnachtlich geschmückt. Der ganze Ort wird am Abend im Lichterglanz erstrahlen. Ich könnte hier stundenlang ausharren. Aber Max will endlich an den Strand.

„Schöne Weihnachten euch“, wünscht ein strahlender Opa Klaus, als ich zahle. „Danke, dir auch ein paar schöne Tage, Klaus. Lass dich von deinen Kindern verwöhnen.“ Ich winke ihm zum Abschied und laufe Piet und Max hinterher, die in Richtung Strand vorgelaufen sind.

Vor mir erscheint die Passat, die seit Jahren hier fest verankert liegt. Ein wunderschönes Segelschiff, auf dem bereits viele Paare getraut wurden. Besucher stehen in Gruppen an Deck und lauschen einem Shanty Chor. Groß gewachsene Männer in Fischerhemden singen mit kräftigen Stimmen Weihnachtslieder.

Inzwischen habe ich Piet und Max eingeholt. „Lasst uns einen Moment zuhören!“ „Ach, Mama, das ist doch langweilig. Papi und ich gehen schon mal vor an den Strand.“

Ich lasse sie gehen, setze mich auf den Steg und erliege der Musik. Musik verbindet Menschen und Herzen. Sie macht fröhlich, manchmal traurig. Nichts ist so emotional wie Musik.

Fast zehn Jahre habe ich selber in einem Kinderchor gesungen und so viele aufregende Abenteuer erlebt. Dabei war der Anfang ganz unspektakulär. 1970 war ich acht Jahre alt und das dritte Schuljahr hatte gerade angefangen. Ein großes Plakat in der Pausenhalle sorgte für Aufregung.

„Wer Lust hat zu singen, der kommt heute Nachmittag um sechzehn Uhr in die Schulaula. Wir suchen Kinder ab sechs Jahren für unseren neuen Kinderchor. Herzlichst, Gloria Hede, Chorleiterin."

Alle Kinder drängelten sich um diesen Aufruf. Und für mich stand sofort fest, dass ich zum Vorsingen gehe.

Punkt sechzehn Uhr stand ich in der Aula. Und mit mir so ziemlich alle Kinder aus der Gemeinde, die mindestens sechs Jahre alt waren. Und dazu noch die Eltern. Die Aula war brechend voll. Auf der Schulbühne stand ein Klavier, daneben ein Mikrofonständer, sonst nichts.

Lange Stuhlreihen wie in einem Theater waren vor der Bühne aufgestellt. Die ersten Reihen waren besetzt. Ich suchte mir den Randplatz in der letzten Reihe. Ich hatte keine Eile. Außerdem war ich auf diesem Platz als letzte Sängerin dran und keiner konnte mich mehr auslachen, falls ich nicht genommen wurde.

Es herrschte eine unglaubliche Unruhe. Kinder tobten durch die Halle, wurden von ihren Eltern gerufen, andere Kinder stimmten sich schon auf das Singen ein. Ein wilder, lauter Mix für meine Ohren. Und dann stand sie da. Groß, blond, mondän. Sie nahm das Mikrofon vom Ständer und pustete rein. „1, 2, 1, 2 … Können mich alle hören?"

Schlagartig war es so still, dass man eine Nadel hätte fallen hören können. „Liebe Kinder, liebe Eltern. Mein Name ist Gloria Hede. Ich bin seit Jahren Mitglied des gemischten Chores und möchte heute mit euch einen Kinderchor gründen."

Sie erzählte aus ihrem Leben und erklärte, was sie von den Kindern erwartete, die sie im Chor aufnahm. Ich hing aufgeregt an ihren Lippen. Diese Frau faszinierte mich!

Nach und nach durfte jedes Kind auf die Bühne, um zu singen. Viele sangen wunderschön, einige ganz gut, und andere verließen weinend oder zumindest sehr traurig die Schule. Frau Hede war streng in der Auswahl der Stimmen. Die Stuhlreihen vor mir bekamen immer größere Lücken. Die, die nicht genommen wurden, konnten gehen, die anderen sollten warten.

Endlich war ich an der Reihe. Das letzte Kind, was auf die Bühne ging. Mit weichen Knien und mit zitteriger Hand nahm ich das Mikrofon.

„Schön, dass du gekommen bist. Wie ist dein Name? Und was möchtest du singen?" „Ich heiße Gabriele. Aber alle nennen mich Gaby. Nur mein Papa nicht. Der sagt immer Gabriele. Und ich möchte ‚Bunt sind schon die Wälder' singen." „Ein wunderschönes Lied, Gaby, dann lass uns beginnen." Mein Herz klopfte bis zum Hals, als ich die ersten Töne auf dem Klavier hörte. Aber dann habe ich einfach losgesungen. Ich konnte alle Strophen auswendig und wiegte meinen Körper beim Singen hin und her. Ich nahm um mich herum nichts mehr wahr, sondern sang aus voller Brust. Erst, als Frau Grosser den Deckel vom Klavier schloss und in die Hände klatschte, war ich wieder in der Realität.

„Du hast eine wunderbare Stimme und hast alle Strophen auswendig singen können. Ich begrüße dich im Kinderchor." Frau Hede war begeistert von mir. Ich machte einen Knicks, steckte das Mikro in den Ständer und hüpfte von der Bühne.

Ich war das erste Mal in meinem Leben stolz auf mich! Mein kleines Herz klopfte wild. Ich hatte es geschafft! Ich war Mitglied im neuen Kinderchor. Doch die Begeisterung meiner Eltern hielt sich in Grenzen. „Hauptsache ist aber, dass Du weiter in der Schule fleißig bist. Nicht, dass Du vor lauter singen das Lernen vergisst." Ich habe mich immer an diesen Wunsch gehalten, aber ab und zu einfach beim Lernen gesungen…

Unseren ersten Auftritt hatten wir im gleichen Jahr am Heiligabend. Ich habe noch heute den Duft unserer Kirche in der Nase. Überall standen frisch geschlagene Tannenbäume und verströmten den Geruch von frischem Wald. Jeder aus dem Chor war aufgeregt.

Frau Hede hatte eine kleine Rede für die Gemeinde vorbereitet, in der sie uns vorstellte. Zum Schluss zeigte sie hoch zur

Empore, wo wir in Reih und Glied standen und auf unseren Einsatz warteten. Die Kirche war bis auf den letzten Platz gefüllt und alle Köpfe drehten sich zu uns hoch. Frau Hede hob erneut ihre Hand und wir begannen zu singen.

Und offenbar sangen wir gut und erreichten die Menschen. Denn bereits nach dem ersten Lied gab es lauten Applaus. Nach unserem dritten Gesangsstück hielt es niemanden mehr auf den Sitzen. Standing Ovations bei unserer Premiere. Wir Kinder lagen uns am Ende der Vorstellung in den Armen. Frau Hede strahlte glücklich.

Auf diesen Auftritt folgten zahlreiche weitere und die Gemeindeblätter berichteten über uns. Die goldenen Stimmen eines kleinen Heidedorfes wurden wahrgenommen. Wir sangen auf immer mehr Veranstaltungen.

Frau Hede war mit uns und unserem Einsatz sehr zufrieden und unser Repertoire wurde immer breiter. Die Begeisterung für das Singen verband uns Kinder. Ob Sopran oder Altstimme, ob jung oder alt. Es gab keinen Neid und keine schlechte Stimmung. Frau Hede war für uns wie eine Mutter. „Nur ein freier Geist kann wunderschön singen", erklärte sie uns immer wieder. Und jedes Problem sollten wir ansprechen, damit unser Geist frei blieb.

Als wir uns für ein riesiges Chorfestival in Kiel anmeldeten, durfte ich einen Solopart singen. Es war mein Befreiungsschlag! Ich schaute über alle Köpfe hinweg und sang, als ginge es um mein Leben. Und auch alle anderen Heidelerchen gaben an diesem Tag ihr Bestes. Die Kieler Ostseehalle stand Kopf, und plötzlich war unser Chor in Niedersachsen und Schleswig-Holstein berühmt.

Meine Eltern mussten viel arbeiten und nebenbei waren immer noch Arbeiten am neuen Haus zu erledigen, dass sie die immer grösser werdende Bekanntheit des Chores gar nicht richtig mitbekamen. Aber an unserer Schule waren wir Chormitglieder kleine Stars.

Meine Schulkameraden luden mich ein. Ich bekam Poesiealben, in die ich ein Sprüchlein der Freundschaft schreiben sollte. Plötzlich war ich nicht mehr die unscheinbare dicke Gaby. Ich war Chormitglied. Meine Tage waren fest verplant. Freie Zeit war Mangelware.

Aber der Chor war für mich wichtiger als alles andere. Dieses Singen in der Gemeinschaft von Gleichgesinnten gab Halt und machte Mut. Ich veränderte mich. Ich war längst nicht mehr so dick, trug die Haare länger und hatte ein neues Brillengestell bekommen. Mein neues Selbstwertgefühl führte dazu, dass meine Leistungen im Chor und auch in der Schule immer besser wurden.

Nach der vierten Klasse Grundschule wechselte ich auf das Gymnasium. Der Unterricht ging bis nachmittags und danach musste ich direkt zur Chorprobe. Aber ich habe das nie als Druck oder Last empfunden. Eher als Befreiung, denn nach einem Schultag zu singen, war pure Entspannung.

Ich glaube, meine Eltern waren inzwischen auch stolz, dass ich im Chor sang. Mein Leben war schön. Ich war ein freundliches, fröhliches Mädchen und überall beliebt. Meine Schulfreundinnen bewunderten mich. Einige kamen sogar freiwillig und neugierig in die Konzerte.

An einem Montagnachmittag wurden wir von Frau Hede überrascht. Das aus Funk und Fernsehen bekannte Gesangsduo Paula und Petro war bei unserer Chorprobe zu Gast. Sie waren in unser Dorf gezogen und hatten von unserem Erfolg gehört.

Wir waren alle ganz gespannt, was die beiden bei unserer Probe wollten. Frau Hede stellte sie vor und Petro richtete das Wort an uns. „Meine Frau und ich arbeiten an einem neuen Album. Als wir von euren Erfolgen gehört haben, waren wir begeistert, so einen fantastischen Chor in unserem Dorf zu haben. Wir haben für die neue Langspielplatte lauter Titel ausgewählt, die mit der Lüneburger Heide zu tun haben und wünschen uns, dass ihr uns im Hintergrund musikalisch begleitet."

Wir sollten eine Platte aufnehmen. Eine Platte. Was für ein Wahnsinn! Zwei Chorproben später stand ein Opernsänger vor uns, um unsere Stimmen zu trainieren und zu optimieren. Drei Monate später stiegen wir in einen Reisebus und fuhren in ein Tonstudio nach Maschen.

Der Eigentümer des Studios war ein bekannter Mann und in seinem Studio produzierten große Namen ihre Platten. Die Band TRUCK STOP, die RATTLES, sogar AC/DC standen hier an den Mikros. Auch der große Udo Lindenberg hat in diesem Studio Lieder für seine Platten eingespielt. Ein ehrwürdiger Ort, und WIR nahmen in diesen heiligen Räumen unsere erste Langspielplatte auf.

1976 erschien unser erstes Chor-Album und mischte die Volksmusikszene auf. Wir waren absolute Newcomer, aber unsere Lieder wurden bereits im Radio gespielt. Ein Titel schaffte es sogar auf Platz 1 der volkstümlichen Hitparade.

Unser kleines Dorf feierte uns wie Superhelden. Und so ganz langsam merkten auch meine Eltern, dass ihre Tochter ein kleiner Star war. Kurze Zeit später erschienen unsere Titel auch auf gemeinsamen Langspielplatten mit anderen Stars der Volksmusik. Das war wie ein Oscar im Filmgeschäft. Unsere Platten wurden in Läden verkauft, wir bekamen richtige Autogrammkarten. Auf der Straße wollten wildfremde Menschen Fotos mit uns machen. Der pure Wahnsinn.

Ein Jahr voller bleibender Eindrücke – für ein fünfzehnjähriges Mädchen aus Lüneburg. 1977 lud uns das ZDF zur „Volkstümlichen Hitparade“ nach Berlin ein, weil wir mittlerweile überall auf Platz 1 standen. Eine Samstagabendshow mit Millionen Zuschauern. Und wir traten neben Heino, Maria und Margot Hellwig, Marianne und Michael, den Fischerchören und allen Stars der Volksmusik auf.

Berlin war eine unvergessliche Reise für uns alle! Der Durchbruch war geschafft. Während wir in dem großen Fernsehstudio probten, war um uns herum ein ständiges Gewusel von Kameraleuten, Tontechnikern, Maskenbildnern und vielen anderen wichtigen Leuten. Auch die anderen Stargäste zeigten sich zwischendurch. Ganz besonders oft Heino.

Meine beste Freundin im Chor war seit Jahren Manu. Wir beide wussten alles voneinander. Ihr hatte ich von den Übergriffen meiner Mutter erzählt, sie verriet mir ihre ersten Abenteuer mit ihrem Freund. Zwischen uns passte kein Blatt. Auf Reisen teilten wir uns ein Zimmer, tauschten Klamotten und machten uns gegenseitig hübsch.

Schließlich waren wir inzwischen Teenager, die auch den Jungs gefallen wollten. Wir sangen beide in der Stimmlage Alt und träumten von einer Karriere als Sängerinnen. Und dieser Traum wurde in Berlin fast wahr.

Heino brauchte für einen seiner Songs zwei jodelnde Mädchen und die Wahl fiel auf Manu und mich. Wir saßen in der Samstagabendshow mit Heino auf Holzstämmen, trugen Dirndl und jodelten uns die Seele aus dem Leib. 240 Sekunden dauerte der Auftritt, während dem Manu und ich für kurze Zeit berühmt waren. Im Anschluss schlüpften wir in unsere bunten Chorröcke und sangen den Nummer-eins-Hit. Ich weiß nicht mehr, wie oft ich mir später diese Sendung angeschaut habe.

Nach unserem Auftritt in Berlin stand wochenlange harte Arbeit auf dem Programm, bis es erneut ins Tonstudio ging. Als wir mit unserem Bus ankamen, blockierte ein knallroter Porsche die Auffahrt. Udo Lindenbergs Porsche! Er war gerade dabei, Einspieler für sein neues Album „Galaxo Gang" zu produzieren. Noch heute liebe ich den Song „Mädchen", noch heute liebe ich Udo! Einige von uns durften im Background für dieses Album mitsingen. Ich war dabei und bin seit dem Tag der größte Udo-Fan der Welt.

Durch die musikalischen Erfolge wurden meine Ziele und Visionen immer konkreter. Die spießige Welt meiner Eltern lehnte ich ab. Ich wollte die Welt sehen. Frei sein. Und singen.

Für unser drittes Album machten wir am Wilseder Berg Fotoaufnahmen, und plötzlich war mein Ziel zum Greifen nah. Der Chef unserer Plattenfirma war ganz überraschend angereist. Er wollte mit zwei jungen Mädchen, die singen und jodeln konnten, einen ganz besonderen Song produzieren. Die Wahl fiel auf Manu und mich!

Frau Hede konnte es nicht glauben, dass der Chef persönlich kam, um zwei ihrer Kinder auszuwählen. Sie nahm uns zur Seite. „Manu, Gaby, ihr beide seid unserem Kinderchor langsam entwachsen. Packt die Gelegenheit beim Schopf. Geht raus in die Welt und zeigt allen, was ihr könnt! Ich bin so glücklich!" Wie eine liebende Mutter nahm sie uns voller Stolz in den Arm.

Unsere Eltern waren sicher auch stolz auf uns. Aber trotzdem blieben sie bei ihrer Meinung, dass wir zuerst unser Abitur machen sollten, bevor wir unser Leben ganz der Musik widmen. Wenn ich mir vorstelle, Max würde kurz vor seinem Abitur mit der Idee kommen, Profibasketballer zu werden, würde ich vermutlich genauso handeln. Aber als Kind versteht man solche Entscheidungen leider gar nicht.

Das Tuten der Fähre „Peter Pan" reißt mich aus meinen Gedanken. „Ach, wer weiß, für was das alles gut war", sagt meine innere Stimme. Bestimmt wäre ich nicht hier und würde meine beiden Männer am Strand warten lassen. An Bord der Passat klatschen die Zuhörer Beifall und der Chor stimmt ein neues Lied an. „Rolling home". Wie passend. Los, ab zu deinen Jungs, Gaby!

Nach ein paar Minuten erreiche ich den wunderschönen kilometerlangen Naturstrand. Diesen Strand liebe ich, seit ich das erste Mal hier Urlaub gemacht habe. Es hat sich nichts verändert.

Menschen laufen mit ihren Hunden um die Wette, verliebte Pärchen schlendern händchenhaltend am Wasser entlang. Für mich ist dieser Strand der schönste Platz der Welt. Ich lausche den Wellen und genieße jeden Schritt auf dem Sand meiner Erinnerungen.

Die Sonne kitzelt mein Gesicht und der Wind zerzaust meine Haare. Ich fühle mich jung und voller Kraft. Einfach glücklich.

„Mama, hier sind wir!" Max steht mitten in einer Düne und fuchtelt mit seinen langen Armen. „Papi liegt hier schon. Los komm. Ist voll gemütlich in der Kuhle!"

Ich muss lachen und laufe die letzten Meter. Der Sand ist feucht und hart, aber die Kraft der warmen Wintersonne reicht aus, um sich für ein paar Minuten hinzulegen. „Du hast recht, Max! Voll gemütlich! Und wie ich sehe, gefällt es deinem Vater auch!"

Piet liegt lang ausgestreckt im Sand und schnarcht leise. Wie kann man nur von einer auf die andere Sekunde schlafen? Ich lege mich neben ihn, nehme seine warme Hand und fühle mich wohl. Ich blinzle in die Sonne und beobachte die Gräser, die sich sanft hin und her wiegen. Die Luft schmeckt salzig und die Wellen rauschen gleichmäßig an den Strand.

Max hat seinen Kopf auf meinen Bauch gelegt. Ich schließe die Augen und genieße diesen wunderbaren Moment.

Diese Auszeiten fehlen viel zu oft im Alltag. Umso dankbarer bin ich, dass mein großer Junge jetzt intensiv meine Nähe sucht. „Guck mal, Mama! Siehst du die vier Wolken?" Ich schaue in den Himmel. Tatsächlich! Vier kleine Wolken stehen direkt über uns.

„Weißt du, was ich glaube? Diese vier Wölkchen sind meine Brüder."

Er dreht sein hübsches Gesicht zu mir und lächelt verschmitzt. „Sie möchten uns bestimmt frohe Weihnachten wünschen! Was meinst du, Mama? Die Wolken sehen doch aus wie kleine Engel."

„Robert, Benedikt, Florian, Thomas ... So lange habe ich euch nicht mehr gesehen", denke ich im Stillen. Meine Augen füllen sich mit Tränen. Max hat sich aufgesetzt und schaut fröhlich in den Himmel.

„Das ist so cool! Die Wolken sehen wirklich aus wie Engel. Siehst du die Flügel, Mama?"

Er dreht seinen Kopf zu mir. „Mama?" Seine blauen Augen sehen mich jetzt fragend an. Er sieht die Tränen, die meine Wangen runterlaufen und sein Blick wird traurig.

„Ach, Mami, das wollte ich nicht." Er nimmt meine Hand und drückt sie ganz fest. „Bitte sei nicht traurig. Du hast doch mich. Freu dich, dass wir hier zusammen sind. Ich hab dich ganz doll lieb. Und meine toten Brüder gehören doch auch zur Familie."

Sein aufmunternder Blick lässt mich kurz lächeln und nicken. Er legt seinen Kopf wieder auf meinen Bauch zurück und drückt meine Hand noch fester.

Ich streichle seine Wange. „Ja, Max, ich bin sehr froh, dass ich dich habe! Und du hast recht. Die vier Wolken sind gekommen, um uns frohe Weihnachten zu wünschen. Ganz bestimmt!"

Ich bin glücklich und unfassbar traurig zugleich.

Wie tief der Schmerz über den Verlust meiner vier Söhne nach all den Jahren noch sitzt, spüre ich mit meinem ganzen Körper. Der Alltag ist schnell und hektisch, aber hier in der wunderbaren

Ruhe werden die Momente lebendig, die mich fast umgebracht haben. Ich sehe meine Kinder vor mir. Ganz klein und zerbrechlich. Die geschlossenen Augen. Die bläulichen Körper. Sie sind alle vier tot und sehen aus wie kleine Engel.

Ich atme tief ein und aus, um mich zu beruhigen. Meine Lider werden schwerer. Ich sehe ein kleines Mädchen fröhlich am Strand laufen. Sie hält eine Puppe im Arm und läuft Richtung Wasser.

Das Mädchen bin ich. Glücklich und unbeschwert. Immer auf der Suche nach einem Abenteuer.

Ich höre meinen Vater rufen: „Gabriele, aber nicht so weit ins Wasser gehen! Du weißt, dass die Strömung hier sehr stark ist. Nicht, dass du mir untergehst!“ „Mach ich nicht, Papa!“ Ich laufe immer schneller, bis meine Füße das Wasser spüren. Ich stürze mich in die Wellen und lasse mich von ihnen tragen. Immer weiter hinaus ins Meer. Die Puppe fest an mich gedrückt. Das Wasser umspült mich und zieht mich runter auf den Meeresgrund.

Meine Puppe rutscht mir aus den Händen und schwimmt davon …

„Frau Schneider, es tut uns leid, aber wir konnten nichts mehr für ihr Kind tun!“ Ein junger Mann mit Brille steht an meinem Bett. „Wo bin ich?“, frage ich ihn. „Sie wurden gestern Abend mit dem Rettungswagen eingeliefert. Sie hatten einen Blasensprung.“ Ich fasse panisch an meinen Bauch. „Was ist mit meinem Kind? Wieso konnten Sie nichts für mein Kind tun? Ich verstehe nicht, was Sie sagen!“

Der junge Mann, der sich jetzt als Dr. Meyerhoff vorstellt, schaut mich an. „Können Sie sich denn an nichts mehr erinnern?“ Ich schüttele den Kopf. Was ist passiert? Ich weiß noch, dass ich gestern Abend zu Hause war. Meine Freundin Esther kam vorbei, um meinen dicken Bauch zu bestaunen und mir Gesellschaft zu leisten, weil Torsten einen Geschäftstermin hatte. Zwei Jahre nach Roberts Tod bin ich wieder schwanger und Torsten und ich sind die glücklichsten werdenden Eltern der Welt. Dennoch hat mich der Tod von Robert die 34 Wochen jeden Tag begleitet. Und die Angst, dass wieder etwas schiefgehen könnte, hat mich fast wahnsinnig gemacht. Und jetzt soll mein schlimmster Albtraum wahr sein?

„Ich saß gestern mit meiner Freundin zusammen.“ „Das stimmt. Ihre Freundin hat sie auch hierher begleitet. Sie hat uns geschildert, dass Ihnen plötzlich übel war und Sie Schweißausbrüche bekamen. Und dann ist Ihre Fruchtblase geplatzt. Ihre Freundin hat sofort den Rettungsdienst verständigt.“Ungläubig schaue ich ihn an. Panik steigt in mir auf.

„Und warum sagen Sie, dass Sie nichts für mein Kind tun konnten? Ich bin in der 34. Woche. Da ist das Kind doch überlebensfähig. Was haben Sie mit meinem Kind gemacht?“ Ich schreie den Arzt an und muss weinen. „Was ist mit meinem Benedikt geschehen?“

„Frau Schneider, Ihr Mann wartet draußen. Ich habe ihm alle Umstände geschildert. Ich glaube, es ist besser, er erklärt es Ihnen.“

„Sagen Sie, dass mein Kind lebt!“, schreie ich ihn erneut an. Er wendet sich ab und geht Richtung Tür. „Ich schicke Ihren Mann!“ Torsten stürmt mit verweinten Augen ins Zimmer und nimmt mich in den Arm. „Es ist so unfassbar traurig. Ich mach mir solche Vorwürfe, dass ich Dich allein gelassen habe. Bestimmt wäre Benedikt noch am Leben. Gaby, verzeih mir!“

Ich stoße ihn von mir und schaue ihn an. „Warum weiß ich nicht mehr, was gestern passiert ist?“ Mein Blick durchbohrt Torsten.

„Sie mussten dir gestern ein starkes Beruhigungsmittel geben, weil du nur geschrien hast. Dr. Meyerhoff hat mir erklärt, dass Esther alles richtig gemacht hat. Normalerweise ist ein Blasensprung für das Baby nicht gefährlich, wenn rechtzeitig gehandelt wird. Aber gestern war Samstag. Und es war weder ein Oberarzt noch ein Chefarzt im Klinikum. Aber als Privatpatientin hast du ein Recht darauf!“

„Torsten, ich verstehe dich nicht. Das heißt, der Rettungswagen hat mich in diese Privatklinik gebracht und ich wurde nicht behandelt, weil ich privat versichert bin?“

Torsten nickt mit gesenktem Kopf. „Die haben meinen Benedikt umgebracht!“ Ich drehe durch. „Ich glaube nicht, was du mir sagst. Es muss doch ein Arzt da gewesen sein! Warum wurde ich als Notfall nicht behandelt?"

„Laut Dr. Meyerhoff darf ein normaler Arzt dich nicht behandeln. Die Stationsschwester hat Himmel und Hölle in Bewegung gesetzt, um einen Arzt zu erreichen. Aber als der Oberarzt eintraf, war Benedikt bereits erstickt. Der Oberarzt konnte nur noch seinen Tod feststellen. Ich kann es nicht fassen. Wäre ich da gewesen, wäre das nicht passiert." Torsten weint jetzt hemmungslos und ich begreife ganz allmählich, dass mein zweiter Sohn Benedikt gestorben ist.

34 Wochen habe ich alles getan, um diesen Jungen gesund auf die Welt zu bringen. 34 Wochen habe ich jeden Tag gebetet, dass er leben wird. Ich konnte mich nicht einmal von ihm verabschieden. Eine Schmerzwelle erfasst mich, die mich laut aufschreien lässt. „Ich will meinen Benedikt sehen! Ich möchte meinen Sohn verabschieden!"

Ich schreie so laut, dass eine Schwester ins Zimmer gelaufen kommt. „Frau Schneider, beruhigen Sie sich. Bitte nehmen Sie die Tablette." Sie hält mir einen Becher und eine Tablette hin. Ich schlage ihr beides aus der Hand. „Bringen Sie mir meinen Sohn. Sofort!" „Frau Schneider! Bitte! Wir haben Ihren Sohn bereits entsorgt."

Fassungslos schaue ich die Schwester an. „Sie haben was? Sie haben ihn entsorgt? Was heißt das?" „Wir haben ihn nach der Operation ins Krematorium zum Verbrennen gebracht. Es tut mir leid." Ich habe das Gefühl, mein Herz wird mir bei lebendigem Leib entrissen. Um mich herum wird alles schwarz.

Wo bin ich? Ich war tief und fest eingeschlafen. Mein Traum war so intensiv, dass mein ganzer Unterleib schmerzt und mein Herz rast. Ich fühle mich wie durchs Wasser gezogen. Mein kleiner Benedikt. Als Wolke am Himmel und als Engel in meinem Herzen. Aber ich konnte dich nicht einmal verabschieden.

Ich höre leise Schnarchgeräusche und stelle erleichtert fest, dass ich wieder in der Realität bin. Piet liegt noch immer neben mir und schläft. Aber wo ist mein Sohn?

„Max?“, rufe ich leise, bekomme aber keine Antwort. So schwer mir das Aufstehen auch fällt, das Verschwinden von Max jagt mir nach diesem Traum einen Schrecken ein.

Durch die Kälte bin ich richtig steif. Mit den Augen suche ich den Strand nach Max ab. Er sitzt verträumt am Hundestrand und spielt mit einem kleinen Hund. Mit immer größer werdenden Schritten laufe ich zu ihm. Ich bin so glücklich, dass ich diesen Bengel habe! „Mami, das ist Oskar. Ist der nicht süß? Ich möchte auch einen Hund haben.“ Der kleine quirlige Jack Russel springt und bellt wie aufgezogen.

Die Hundebesitzerin hat Max einen Ball geliehen, dem der Hund immer wieder nachjagt. „Ihr Sohn ist ein sehr höflicher Junge. Oskar scheint ihn auch zu mögen. Meine Kinder können leider heute nicht kommen. Umso mehr genieße ich jetzt die Gesellschaft dieses jungen Mannes.“ Die alte Dame lächelt Max verliebt an.

„Ja, wir hätten auch gern so einen lustigen Vierbeiner, aber in der Stadt ist es für einen Hund nicht so schön. Bitte genießen Sie meinen Sohn noch ein Weilchen. Max, ich fahre jetzt rüber nach Travemünde. Warte hier, bis Papi ausgeschlafen hat. Und spiel weiter mit Oskar. Der scheint Dich und den Ball zu lieben. Wir treffen uns nachher am Haus!“ „Alles klar, Mami!“ „Und Ihnen wünsche ich ein wunderschönes Weihnachtsfest mit Ihrem Oskar.“ Die alte Dame nickt. „Wir machen uns das schon gemütlich. Ich danke Ihnen!“

Ich gehe zurück in die Düne und gebe Piet einen Kuss auf die Wange. Wie friedlich er aussieht, wenn er schläft. Dieser Mann ist mit mir die letzten zwanzig Jahre durch dick und dünn gegangen, egal wie schwierig ich war.

Ich muss lächeln, wenn ich an unseren ersten Abend denke. 1996 hatte ich nach meinen vier Totgeburten und der Trennung von Torsten das Bedürfnis, ganz neu anzufangen.

Die Ärzte sagten mir, dass ich nie Kinder haben würde und mich voll und ganz in einen Job stürzen könnte. Als Media-Beraterin bei einem kleinen, aber feinen Stadtsender in Hamburg hatte ich alle Möglichkeiten, meine Freizeit auf ein Mindestmaß zu reduzieren.

Meine Hauptaufgabe bestand darin, Sponsoren zu begeistern und bestehende Kontakte zu pflegen. Ich war nur unterwegs und lebte für die Arbeit. Beziehungen waren für mich tabu. Eine Familie kam nicht mehr in Frage. Und auf die ewige Suche nach Liebe hatte ich gar keine Lust mehr.

Einer unserer Kooperationspartner wurde 1998 ein großer Zeitungsverlag. Im Zuge der Aktion „Ein Herz für Kinder" organisierte unser Sender in Kooperation mit der Zeitung einmal die Woche eine Tanzveranstaltung mit Prominenten in Timmendorf.

Das renommierte Event-Hotel war bei den VIPs sehr beliebt, sodass die meisten sich über eine Einladung zu unserer Sendung freuten, obwohl die Gage gespendet werden musste.

Mein Chef war der Meinung, dass dieses Projekt mein Herzensprojekt werden könnte. Und aus heutiger Sicht hatte er damit recht. Also fuhr ich Woche für Woche von Hamburg nach Timmendorf, kümmerte mich um Technik, Mitarbeiter, Gäste und die angereisten Prominenten. Es war abenteuerlich, auf was ich alles achten musste, damit die Berühmtheiten auch das „Rundum-Sorglos-Paket" genießen konnten.

Nach der offiziellen Veranstaltung gegen 23 Uhr gingen die Hotel- und Kurgäste schlafen, ich zählte die Spendensumme aus und die Prominenten tummelten sich ausgelassen an der Bar. Ich weiß nicht, wie oft ich erst um fünf Uhr morgens im Bett lag und um sieben Uhr wieder Richtung Hamburg fahren musste, damit die Sendung geschnitten, gesendet und die Bilder der Veranstaltung auf der Hamburg-Seite der Zeitung abgedruckt werden konnten.

Von April bis Ende August lief dieses Projekt – und Woche für Woche wurde es anstrengender. Am letzten Veranstaltungstag, es war der 27. August 1998, hatte ich gleich morgens eine Reifenpanne und musste mit einem Mietwagen fahren. Dieser Wagen war doppelt so groß wie mein Auto, und als ich nach einem langen Stau viel zu spät in die Tiefgarage des Hotels fuhr, schaffte ich es partout nicht, mit diesem Monster-Auto in die letzte Parklücke zu fahren.

Ich habe geschimpft wie ein Rohrspatz und gekurbelt wie eine Irre, um den Wagen einzuparken. Aber keine Chance: Ich schaffte es nicht. Die ganze Aktion wurde von drei Männern beobachtet, belächelt und beklatscht. Wutentbrannt bin ich aus dem Auto raus und baute mich vor ihnen auf.

„Was glaubt ihr eigentlich, wer Ihr seid, dass ihr euch auf meine Kosten amüsieren könnt? Ich komme zu spät zu einer Veranstaltung und werde hier von euch ausgelacht. So, ihr Super-Machos, wer von euch parkt jetzt das Auto ein?"

„Immer mit der Ruhe, Lady! Ich mache das schon!", reagierte der Kleinste ganz nett.

Die anderen beiden Hünen lächelten mich wortlos an. Ich ahnte nicht, dass sie kein Wort meiner Schimpftirade verstehen konnten. Sie kamen aus der Ukraine. Sie waren Boxer und ihr Name lautete Klitschko. Am heutigen Tag waren sie unsere absoluten VIP Gäste!

Meine Güte, war das peinlich! Wie gern wäre ich vor Scham im Boden versunken. Aber der Manager war völlig entspannt, nachdem er mein Auto in kürzester Zeit eingeparkt hatte. Ich dankte ihm überschwänglich, stellte mich vor, entschuldigte mich für meinen Wutausbruch und versprach, mich am heutigen Abend besonders um ihr Wohl zu kümmern.

Die gemeinsame Fahrstuhlfahrt in die Hotellobby war fröhlich und gelöst. Ich erklärte den Ablauf der Show und bat darum, dass sie sich zu einem Interview bereithalten sollten. In der Lobby angekommen, wartete schon aufgeregt das Team und überschüttete mich mit Fragen.

„Leute, entspannt euch alle. Ich stand im Stau, konnte meinen Leihwagen nicht einparken und habe im Fahrstuhl bereits alles mit den Klitschko-Brüdern besprochen. Sie halten sich bereit für das Interview!"

Erleichterung im Team und auch bei mir. Ich merkte erst jetzt, wie angespannt ich war. Auf dem Weg zur Rezeption traf ich den stellvertretenden Chefredakteur der Zeitung, der ebenfalls schon ungeduldig auf mich wartete.

„Schön, dass Sie noch kommen konnten." Er begrüßte mich mit einem fiesen Grinsen im Gesicht. Seine uncharmante Art ging mir schon die ganzen letzten Wochen auf die Nerven. „Wenn Sie mir vielleicht zunächst einfach sagen, wie Sie sich die Scheckübergabe vorstellen?", konterte ich mit einem genauso breiten Grinsen.

„Entschuldigung, darf ich mich vorstellen? Piet Krebs. Ich bin der Begleiter dieses gerade etwas übel gelaunten und offensichtlich hungrigen Herrn." In diesem Moment sah ich – ohne es zu ahnen – in die Augen meines zukünftigen Mannes.

Ich erklärte kurz, wie wir uns die Übergabe des Schecks vorstellten, damit die beiden endlich das Buffet plündern konnten. Ansonsten lief an diesem Abend – technisch und organisatorisch – vieles schief. Es war vielleicht der schlimmste Abend der ganzen Staffel. Am liebsten wäre ich sofort zurück nach Hamburg gefahren.

Gut, dass ich geblieben bin. Denn alles nahm einen sehr angenehmen Verlauf, und zwar dank des netten Herrn Piet. Er hat mich den ganzen Abend nicht aus den Augen gelassen, mich mit Getränken versorgt und gute Laune verbreitet. Irgendwann standen wir dann gemeinsam auf der Tanzfläche.

Dabei wusste ich gar nicht mehr, wie man richtig flirtet. Die letzten Jahre hatten mich abstumpfen lassen. Auch Piet hatte im Kurs „Flirten für Anfänger" wiederholt gefehlt. Und so waren wir beide schon am ersten Abend einfach so, wie wir sind. Authentisch und direkt.

Er erzählte, dass er mit dem Zeitungsmann seit Jahren befreundet war. Und dass er ihm sehr dankbar sei, dass er mich heute kennengelernt hatte. Er war früher Handballprofi in Essen gewesen, hatte in Dortmund Diplom-Journalismus studiert und arbeitete mittlerweile bei SAT.1 in der Hamburger Fußballredaktion RAN.

Ich erzählte ihm am späten Abend wie selbstverständlich von meinen vier toten Kindern und erklärte ihm – auch wenn es ihn vielleicht gar nicht interessiert hat –, dass ich keine Kinder mehr bekommen könne.

Alles andere aus meinem Leben behielt ich für mich.

Er war ein guter Zuhörer und machte deutlich, dass er für die Vaterrolle sowieso viel zu alt sei. Und damit hatten wir alles an wichtigen Informationen ausgetauscht.

Wir verbrachten die ganze Nacht miteinander, ohne Grenzen zu überschreiten. Und jetzt schnorchelt dieser Mann, der Vater meines Sohnes, hier friedlich am Heiligabend 2015 in der Düne. Manche Begegnungen sind einfach schicksalhaft.

Jetzt muss ich mich aber auf den Weg machen, sonst schließen die Läden und ich kann nicht mehr einkaufen. Ich nehme den kürzesten Weg vom Strand über die Mecklenburger Landstraße. Die Kraft der Sonne nimmt langsam ab und der Wind wird immer kühler.

Ich bin ganz froh darüber, dass mein Kopf allmählich wieder klarer wird. Es ist erschreckend, wie viele Erinnerungen fest in Schubladen abgespeichert sind. Öffnet man vorsichtig die Lade, springen sie einem entgegen.

Die schrille Glocke der Fähre nach Travemünde weckt mich endgültig aus meinen Gedanken. Im Dauerlauf erwische ich sie noch. Möwen begleiten uns die fünf Minuten, die die Überfahrt dauert. Reicht mir aber immer wieder, um glücklich zu sein.

Ich überquere den Vorplatz des Fährhafens und stehe vor der kleinen Travemünder Kirche mit dem noch kleineren Friedhof. Es ist mir ein Bedürfnis, für meine Söhne und meinen Vater am heutigen Heiligabend eine Kerze anzuzünden. Langsam öffne ich das große Eisentor. Den Eingang der Kirche erreicht man über einen kurzen Weg, der rechts und links von Gräbern gesäumt ist. Ich bin so froh, dass ich meine kleinen Jungs nicht beerdigen musste. Ich könnte es nicht verkraften, die kleinen Gräber zu besuchen.

Ich war auch nach der Beerdigung meines Vaters erst Jahre später mit Max an seinem Grab. In meinem Herzen lebte er weiter.

Ich war 24 Jahre jung, als mein Vater an den Folgen einer Operation starb. Eine Woche lag er im Koma, bis die Geräte abgeschaltet wurden. Er fehlt mir. Ich liebte seinen Humor, seine Intelligenz und seine unfassbare Geduld mit allen Menschen. Besonders die Geduld mit mir. Ich habe ihn zweimal so verletzt, dass er meinetwegen geweint hat. Das erste Mal weinte er, als ich die Schule drei Monate vor dem Abitur geschmissen habe.

Ich wollte meine Eltern dafür bestrafen, dass ich keine Sängerin werden durfte. Aus heutiger Sicht war das von mir mehr als dumm. Ich suchte mir eine Lehrstelle bei einer großen Bank.

Aber obwohl ich die Lehre aufgrund guter Leistungen verkürzen konnte, war mein Vater weiterhin enttäuscht, dass ich so einen unüberlegten Schritt gegangen war.

Das zweite Mal liefen seine Tränen auf mein Brautkleid, als wir auf meiner ersten Hochzeit den Hochzeitswalzer tanzten. Ich hatte gegen seinen Wunsch den Mann geheiratet, der mich jahrelang gedemütigt, verprügelt, vergewaltigt und betrogen hatte. „Gabriele, du läufst in dein Unglück. Dieser Mann wird nie besser zu dir sein, als er es bisher war. Ich habe Angst, dass er nach der Hochzeit noch schlechter mit dir umgeht."

Mein Vater sollte recht behalten. Mein Ehemann hat mich nicht gut behandelt.

Ich zünde fünf Kerzen an und setze mich auf die Kirchenbank. Es ist wunderschön still. Das alte Gemäuer riecht modrig.

Ich schließe meine Augen – und meine Gedanken landen sofort wieder bei Michael. Ich sehe mich auf der Straße liegen. Mir tropft das Blut aus der Nase. Mein Brustkorb schmerzt höllisch.

„Können Sie den Täter beschreiben?" Ein Polizist kniet neben mir.

„Junge Frau, der Rettungswagen ist gerufen. Aber können Sie mir sagen, wie Sie heißen und wer Sie so zugerichtet hat?"

Mein Mund ist verklebt und ich schmecke Eisen. Ich gehe vorsichtig mit der Zunge über meine Zähne, die zum Glück noch alle da sind. Ich könnte dem Polizisten eine genaue Täterbeschreibung geben. Ich kenne den Mann sehr gut, der mich zusammengeschlagen hat. Er ist mein Ehemann.

„Es tut mir leid. Ich möchte keine Angaben machen", flüstere ich. Der Polizist wirkt hilflos.

„Aber Sie müssen doch gesehen haben, wer Sie geschlagen hat."

Ja, ich habe den Blick des Mannes und den Zorn in seinen Augen gesehen, als er mir den ersten Faustschlag verpasste. Ich bin zu Boden gegangen. Seine kräftigen Tritte in meinen Bauch und gegen die Beine spüre ich noch. Er hat mich bei den Haaren gepackt, über den Boden der Kneipe nach draußen gezerrt und mich auf den harten Beton dieser Straße geschmissen. Zuletzt hat er mich angespuckt.

Aber das alles möchte ich dem Polizisten in dieser Silvesternacht nicht erzählen. Ich weiß, er wird es wieder tun. Immer wieder.

Der Rettungswagen kommt und nimmt mich mit.

Am Neujahrsmorgen wache ich im Krankenhaus auf. Mein linker Arm ist ausgekugelt. Ich habe eine Rippenprellung links am Brustkorb, eine angebrochene Nase und diverse Schürfwunden. Durch den Faustschlag ziert mein Gesicht ein riesiges Veilchen. Der behandelnde Arzt ist fassungslos.

„Ich weiß nicht, wer Sie so zugerichtet hat. Aber ich hoffe, man findet ihn. Ich würde Sie gern noch zur Beobachtung hierbehalten." „Nein, ich möchte nach Hause. Das sieht alles schlimmer aus, als es ist. Ich bin in eine blöde Prügelei geraten. Selber schuld. Manchmal sollte man einfach wegschauen."

Ich versuche, tapfer zu klingen. „Ich kann Sie nicht zwingen. Aber bitte gehen Sie morgen zu Ihrem Hausarzt. Besonders der Arm muss kontrolliert werden. Halten Sie ihn möglichst ruhig in der Schlinge."

Ich höre gar nicht mehr hin, sondern versuche mein völlig verdrecktes Kleid ein wenig sauber zu machen. Es ist an einigen Stellen eingerissen, aber etwas anderes habe ich nicht zum Anziehen. Ich habe auch keinen Wohnungsschlüssel oder Geld. Ich muss dem Doktor unterschreiben, dass ich auf eigenen Wunsch entlassen werde. Dann kann ich endlich raus aus der Klinik.

Der Taxifahrer vorm Krankenhaus schaut mich von oben bis unten an, verkneift sich aber jeglichen Kommentar. Er hält mich bestimmt für eine Prostituierte, die Ärger mit einem Freier hatte. Genau so sehe ich aus. „Sie müssen bitte warten, wenn wir am Ziel sind. Ich habe kein Geld dabei. Ist das in Ordnung?", frage ich den Fahrer, nachdem ich ihm die Straße genannt habe. „Das neue Jahr fängt bei Ihnen nicht so gut an, oder?" Er schaut mich mitleidig an. „Klar, ich warte."

Das ist geklärt. Jetzt bleibt nur zu hoffen, dass Michael zu Hause ist. Ich möchte die Nachbarn am ersten Januar nicht so früh aus dem Bett klingeln. Mir tut alles weh. Wir fahren durch ein menschenleeres Hamburg. Das neue Jahr ist erst acht Stunden alt. Ich wurde zusammengeschlagen, war im Krankenhaus und fahre jetzt verdreckt und mittellos in ein Zuhause, dass meine persönliche Hölle ist. Was für ein Start!

Als ich Michael kennenlernte, verliebte ich mich sofort. Er war groß, blond und hatte stahlblaue Augen.

Ich war gerade volljährig geworden und hatte meine Banklehre angefangen. Meine beste Freundin Manu und ich waren vorher noch nie auf der Feiermeile unterwegs gewesen. Unsere Leidenschaft gehörte unverändert der Musik. Wir hatten auch nach dem Choraustritt immer wieder Buchungen im Studio Maschen und durften im Background einiger Produktionen mitwirken.

Manu war traurig, dass ich durch meine Ausbildung bei der Bank kaum noch Zeit für sie hatte. Umso wertvoller war dieser Abend für uns, an dem wir uns das erste Mal ins Nachtleben stürzten. Es war gar nicht so einfach, ein Lokal zu finden, wo man tanzen konnte – und zwar so, wie es in Tanzschulen üblich war. Wir hatten uns beide in Eigenregie die Standardtänze beigebracht und brannten darauf, das auch zu zeigen.

Stundenlang standen wir vorm Spiegel und schminkten uns, frisierten die Haare und probierten etliche Klamotten an. Meine Wahl fiel auf mein rotes Lieblingskleid und Manu entschied sich für eine Jeans mit weißer Bluse. Wir wollten der Welt zeigen, dass wir jetzt bereit waren, Spaß zu haben.

Wir standen vor einem riesigen Holztor mitten in der Altstadt, in dem das Tanzlokal unserer Wahl sein sollte.

Ich musste lächeln. Wir waren so unverdorben und unschuldig.

„Gaby ... Bist du sicher, dass wir da rein wollen?“, fragte Manu. „Na klar bin ich sicher. Mensch, Manu, wir wollen heute mal was erleben. Ich drück jetzt einfach die Klingel!“

Wie zwei kleine Mädchen warteten wir gebannt, was passieren würde. Nach einem kurzen Moment öffnete ein Mann mittleren Alters das Tor.

„Guten Abend, die Damen. Herzlich willkommen.“ Er nannte uns Damen. Wir mussten beide kichern. Der Mann ließ uns rein, schloss das Tor und bat uns, unsere Jacken an der Garderobe abzugeben. Dann brachte er uns durch einen Gang, der aussah wie ein Weinkeller, zur Bar. Aus den Lautsprechern dröhnte Howard Carpendales „Hello again".

Wir waren in diesem Laden mit Abstand die jüngsten Gäste. Manu und ich schauten uns an und fragten uns wortlos, ob wir bleiben wollten.

„Bitte sehr, die Damen. Ihr Welcome Drink!" Eine junge, sehr hübsche Frau reichte uns zwei Gläser Sekt. Wir entschieden uns zu bleiben und stellten uns an den Tresen.

Wir beobachteten die Gäste. Das war nicht unser Publikum! Frauen im Alter unserer Mütter, die mit noch älteren Männern flirteten, lachten und knutschten. Dazu kam, dass die Wahl unserer Garderobe mit Abstand das Spießigste war, was dieser Laden je gesehen hatte.

Wir waren definitiv deplatziert.

Die Barfrauen trugen durchsichtige Blusen, unter denen man den BH sehen konnte, und dazu Hotpants. Mich beschäftigte die ganze Zeit die Frage, wie sie auf ihren hochhackigen Schuhen die Nächte überleben konnten.

Die Musik war klasse. Doch niemand tanzte. „Mann, die kleben hier mit ihren Hintern fest auf den Barhockern. Langweilig. Wollen wir tanzen?" Mein Blick ging fragend an Manu. „Dieser Schuppen ist so schlimm, da können wir uns ruhig blamieren. Ich bin sicher, dass wir hier nie wieder herkommen. Los, komm!" Sie lachte und zog mich auf die Tanzfläche.

Wir haben getanzt, als wären wir allein in meinem kleinen Zimmer. Mal zusammen, mal auseinander, wir haben Figuren gemacht und die ganze Zeit albern gelacht. Der Sekt war ein Muntermacher. Und plötzlich wachten auch die alten Menschen auf. Die Tanzfläche wurde voller und voller. Wir hatten einen riesigen Spaß, den älteren Frauen die Show zu stehlen.

Als wir eine kleine Pause machten und uns an den Tresen setzten, brachte uns eine Barfrau zwei weitere Gläser Sekt.

„Von unserem DJ, als Dankeschön!" Und da sah ich ihn. Groß, blond, schön! Er strahlte uns mit seinen blauen Augen an und prostete uns zu.

„Manu, ich flipp aus. Guck dir den mal an.“ „Das ist mal eine Schnitte.“ Wir kicherten, kippten den Sekt runter wie Wasser und tanzten weiter.

Irgendwann an diesem Abend tanzte ich mit ihm. Michael. Er fühlte sich gut an, roch gut und konnte tanzen. Wir stellten fest, dass er im gleichen Ort wohnte wie Manu und ich und nur nebenbei sein Geld als DJ verdiente. Hauptberuflich verkaufte er Versicherungen. Ich in der Bank, er bei der Versicherung. Es passte alles zusammen.

Manu und ich warteten an diesem Abend auf ihn, bis er Feierabend hatte. Er wollte uns beide nach Hause bringen.

Als er Manu vor ihrer Haustür abgesetzt hatte, küsste er mich zum ersten Mal und fragte, ob ich noch mit zu ihm käme. Ich fuhr mit ihm und blieb.

Die ersten Wochen waren ein Rausch der Sinne. Noch nie hatte ich solche Erfahrungen gemacht. Ich erinnerte mich an meinen ersten Freund, der mich entjungferte und mich wegen seiner Wette zum Gespött des Ortes gemacht hatte. Es war grauenhaft und demütigend gewesen. Bei Michael fühlte ich mich attraktiv, geliebt, begehrenswert. Ich wurde von ihm mehr und mehr abhängig, und nach einigen Monaten war ich ihm hörig. Mein Leben war leer, wenn ich nicht in seiner Nähe war. Ich fieberte schon morgens dem Moment entgegen, ihn am Abend zu spüren.

Ich ignorierte alles Negative. Auch dass er viel zu viel Alkohol trank. Ich bekam nicht mit, dass er spielsüchtig war und überall Schulden machte. Ich war blind vor Liebe. Und jeder, der mich kritisierte, weil ich mich nur noch mit ihm umgab, den habe ich umgehend aus meinem Leben geworfen. Auch Manu wollte ich nicht mehr treffen. Meine einzige Sehnsucht galt ihm.

Drei Monate lebte ich bei ihm und brauchte nichts als seine Liebe, bis ein Freitagabend alles änderte. Michael hatte sich mit Freunden zum Fußball verabredet. Ich wollte mit. Aber das wollte er nicht. Ich nörgelte und drängelte. Ich nervte ihn so lange, bis er mir eine Ohrfeige verpasste. Ich habe ihn angeschrien: „Was glaubst du, wer du bist? Wer gibt dir das Recht, mich zu schlagen?“ Ein Faustschlag traf mich rechts am Kinn. Er packte mich an den

Haaren und schrie zurück: „Ich mache mit dir, was ich will. Verstanden? Und wenn ich sage, du bleibst zu Hause, dann bleibst du hier!“ Sein Gesicht war zu einer Fratze geworden. Seine blauen Augen wurden schmale Schlitze. Er zitterte am ganzen Körper. „Und jetzt lass mich in Ruhe!“ Er ließ von meinen Haaren ab und schubste mich weg. Ich fiel auf den Boden im Flur. Er nahm seine Jacke von der Garderobe und ging.

Ich wusste nicht, wie mir geschah. Ich heulte wie ein Schlosshund und wusste nicht, was ich machen sollte. Ich hatte riesige Angst, dass er mich nie mehr sehen wollte und anderseits Angst, dass er zurückkam und mich noch mal schlug. Voller Verzweiflung rief ich meinen Vater an, der mich kurz darauf aus Michaels Wohnung holte.

Mein Vater stellte keine Fragen, als er mich sah. Er nahm mich in den Arm. Ich schämte mich in Grund und Boden. Meiner Mutter erzählte ich, dass ich beim Aufräumen von der Leiter gestürzt war und daher das blaue Kinn hatte. Sie wusste, dass ich log, fragte aber nicht nach.

Am nächsten Tag stand Michael mit roten Rosen vor der Tür meiner Eltern und bat mich um Verzeihung. Ich kann die Male nicht zählen, die er nach Wutausbrüchen und Schlägen um Verzeihung bat. Ich nahm ihn jedes Mal in den Arm, denn ein Leben ohne diesen Mann war für mich nicht vorstellbar. Meine Abhängigkeit war mit dem Verstand nicht zu erklären.

Ich wurde immer dünner. Bei einer Größe von 1,70 Meter wog ich noch 48 Kilogramm. Ein Schatten meiner selbst. Wenn er mich grün und blau geschlagen hatte, musste ich mich in der Bank krankschreiben lassen. Immer neue Ausreden erfinden. Niemand durfte wissen, was bei uns zu Hause regelmäßig passierte.

Ich führte ein Leben in absoluter Isolation. Von meiner Familie distanzierte ich mich, Freunde hatte ich keine mehr. Ich wollte allein mit ihm sein. Ich hatte die große Hoffnung, dass er eines Tages meine Liebe zu schätzen wusste und mir nichts mehr antat.

Als Michael mir einen Antrag machte, sagte ich sofort Ja. Ich wollte diesen Mann heiraten. Eine Familie gründen. Ich hatte die Hoffnung, dass ein gemeinsames Kind uns glücklich machte.

Nachdem ich Michaels Antrag angenommen hatte, hörte er auf, mich zu schlagen. Ich hoffte, dass das immer so bleiben würde. Er trank weniger und arbeitete wieder mehr.

Wir zogen von unserem Dorf nach Hamburg. Ich machte alles, was er vorschlug und sich wünschte. Alles. Inzwischen hatten wir finanzielle Sorgen, weil Michael mehr ausgab, als er und ich zusammen verdienten. Ein neues Auto, eine neue Tennisausrüstung, für mich eine teure Uhr. Er wollte Luxus, Spaß und schaute nicht auf das Geld. Ich machte alles mit und nahm einen fünfstelligen Kredit bei meiner Bank auf. Ich hatte meinen Verstand verloren, aber dafür einen Mann, den ich aus tiefstem Herzen liebte.

Kurz nach dem Antrag wurden wir in einer kleinen Dorfkirche in der Heide getraut. Die Kirche war wunderschön geschmückt und mein Chor aus Kindertagen sang von der Empore. Es waren fast hundert Gäste dabei, als wir uns das Jawort gaben. Ich hatte meine Familie eingeladen. Michaels Mutter war mit ihrem Lebensgefährten aus Amerika angereist. Die anderen Gäste auf unserer Hochzeit kannte ich nicht.

Ich wusste tief in meinem Herzen, dass ich mit dieser Hochzeit einen Fehler machte. Aber als Michael mir den Ring ansteckte, war jeder Zweifel fort.

Die Hochzeit endete im Desaster. Die Hamburger Freunde entführten Michael. Und sie tauchten alle auch nicht mehr auf. Ich verbrachte die Hochzeitsnacht allein und bangte zwei Tage um sein Leben. Am dritten Tag stand er plötzlich in der Wohnung. Völlig verdreckt und betrunken. Er wusste nicht, was in der Zwischenzeit passiert war. Oder wollte es nicht mehr wissen. Ich war zwei Tage durch die Hölle gegangen, konnte nicht essen und nicht schlafen, telefonierte Krankenhäuser ab, informierte die Polizei. Aber als er vor mir stand, war alles wieder gut für mich. Es war ihm nichts passiert!

Mein Alltag wurde sehr schnell wieder ernüchternd und trostlos. Michael begann zu trinken, trieb sich tagsüber mit zwielichtigen Gestalten in dunklen Spelunken herum und verspielte immer öfter Geld bei unerlaubten Kartenspielen. Ich stellte ihn immer wieder zur Rede, fragte ihn, warum er sich nicht wieder eine Arbeit suchte, machte ihm Vorwürfe und weinte viel. Er änderte nichts. Wenn es ihm zu viel wurde, verprügelte er mich und ging wortlos aus dem Haus.

Ich erlebte jeden Tag wie die Hölle. Manchmal tauchte er in der Bank auf, um frisches Geld von mir zu holen. Seine neuen Freunde warteten dann vor der Tür und ich wusste, dass er wieder gespielt und verloren hatte. Er betrog mich inzwischen immer häufiger mit Frauen, die er durch seine Freunde kennenlernte. Er hat es mir hinterher immer gebeichtet und versprochen, dass er sich bessern würde. Ich glaubte ihm und hoffte, dass er es ernst meinte. Aber es änderte sich nichts. Im Gegenteil. Woche für Woche wurde es furchtbarer für mich, wenn er das Haus verließ. Weil ich nie wusste, wann und in welchem Zustand er wieder auftauchte. Meine Nächte waren schlaflos und voller Sorge. Obwohl ich immer früh ins Bett ging, um wenigstens körperlich durchzuhalten, war ich nur noch müde.

An einem Sonntagabend war ich kurz eingeschlafen und wurde wach, weil die Wohnungstür polternd aufgeschlossen wurde. Michael war so betrunken, dass er auf allen Vieren ins Schlafzimmer gekrochen kam. Ich stellte mich schlafend. Ich hörte, wie er sich umständlich auszog, hinund her wankte, die Nachttischlampe umschmiss und dann ins Bett fiel. Er stank bestialisch nach Alkohol, Urin und Zigarettenqualm. Mir wurde übel und ich drehte mich angewidert in meine Decke ein. Wenige Minuten später hörte ich ihn laut atmen und schnarchen. Er schlief tief und fest. Ich war stinksauer auf ihn, aber erleichtert, dass er endlich zu Hause war.

Ich entspannte allmählich und war kurz davor einzuschlafen, als Michael plötzlich anfing zu würgen. Das Würgen wurde immer lauter.

Auf einmal ergoss sich ein riesiger Schwall Kotze über meine Bettdecke und meinen Kopf. Es hörte überhaupt nicht mehr auf. Literweise stinkende Kotze lief über die Bettwäsche, die Laken, in die Ritzen des Bettes. Ich stand senkrecht im Bett und schrie. „Michael, wach auf! Du kotzt das ganze Bett voll! Michael!“ Er reagierte nicht. Der Magen war inzwischen leer, aber überall war das Erbrochene und stank bestialisch.

Ich sprang aus dem Bett und rannte ins Bad. Der Ablauf der Dusche verstopfte, weil so viel Erbrochenes in meinem Haar klebte. Ich musste vor Ekel und vor Wut heulen. Diese Nacht schlief ich das erste Mal, seitdem wir ein Paar waren, im Wohnzimmer und ging am nächsten Morgen wortlos zur Arbeit. Ab diesem Morgen setzte mein Verstand langsam wieder ein und die rosarote Brille verlor die Farbe. Ich ekelte mich vor diesem Mann.

Am Abend war das Bett frisch bezogen und es roch nur noch schwach nach Kotze, weil Michael alles geputzt hatte. Auf dem Wohnzimmertisch stand ein Strauß Blumen.

Michael hatte gekocht, den Tisch gedeckt und sich ein weißes Hemd zur Jeans angezogen. „Verzeih mir!“, kam es aus seinem Mund. Aber ich konnte ihm trotz seines Dackelblicks nicht mehr verzeihen. Ich sah ihn an und mir wurde schlecht. Diesen Menschen konnte ich von einer auf die andere Sekunde nicht mehr ertragen, nicht mehr lieben. Mein ganzer Körper sträubte sich gegen ihn. Jeden Annäherungsversuch wehrte ich ab. Ich ignorierte das Essen, den gedeckten Tisch und die Blumen. „Michael, ich kann nicht mehr!“

Seine Augen wurden wieder zu kleinen Schlitzen. „Wie? Du kannst nicht mehr?“ „Ich kann mit dir nicht mehr leben! Es war gestern zu viel! Ich werde ausziehen. Ich werde mir ein Zimmer suchen und allein leben. Es tut mir leid!“ Ich war leer. Ich spürte nichts.

Michael räumte mit einer Handbewegung den gedeckten Tisch ab. Das Geschirr fiel klirrend zu Boden. „Du willst mich verlassen? Du kannst nicht ohne mich leben! Wir sind verheiratet. Und ich bin hier der Mann im Haus. Es wird Zeit, dass ich dir zeige, wer hier was entscheidet!“

Ich stand regungslos vor ihm. „Dann schlag mich doch!“, brachte ich tonlos raus. „Und ob ich dich schlage!“ Der erste Faustschlag saß. Ich knallte mit dem Kopf gegen die Tür. Michael schaute mich wutentbrannt an. „Ich bin der Mann im Haus. Ich bestimme, was gemacht wird! Und jetzt will der Mann, dass die Frau ihm einen bläst!“

Er packte mich mit einer Hand an den Haaren und riss meinen Kopf hoch. Mit der anderen Hand öffnete er seinen Reißverschluss und holte seinen schlaffen Penis aus der Hose. „So, du Dreckstück. Jetzt hast du was zu tun!“ Er drückte meinen Kopf runter und stopfte mir sein Glied in den Mund. Ich würgte, aber sein Druck war so stark, dass ich keine Chance hatte, zu entkommen. Ich tat nichts. Dieses eklige Geschlechtsteil lag einfach in meinem Mund. Michael war außer sich. Du sollst blasen, du Schlampe!“ Ich tat nichts, außer nach Luft zu ringen. Michael drückte meinen Kopf nach hinten und nahm die Sache selbst in die Hand. Mit der einen Hand hielt er mich an den Haaren fest, mit der anderen onanierte er. Nach wenigen Minuten ergoss sich das Ejakulat über mein Gesicht. Befriedigt lächelte Michael mich an. „Du siehst, dass es auch so geht. Du bist zu nichts zu gebrauchen!“ Er stieß mich von sich und ich ging besudelt mit Sperma zu Boden.

In meinem Kopf hämmerten der Schmerz und die Angst. Ich musste weg von diesem Monster. Aber ich hatte niemanden, den ich einweihen konnte. Ich fühlte mich auf dieser Welt mutterseelenallein.

Am nächsten Tag bin ich in der Bank zusammengebrochen. Ich hatte keine Kraft mehr. Meine Kollegin Greta kümmerte sich um mich. Als mein Kreislauf wieder stabiler wurde, musste ich hemmungslos weinen.

„Gaby, ich merke schon seit Monaten, dass etwas mit dir nicht stimmt. Willst du nicht darüber reden?“ Ich erzählte ihr alles. Und es tat mir gut. Endlich fühlte ich mich nicht mehr allein. Die Kollegin versprach mir spontan, ein Zimmer für mich zu besorgen. „Wir bekommen das hin! Und so lange versuchst du, zu Hause möglichst Ruhe zu haben. Geh allen Streitigkeiten aus dem Weg!“

Das war ein guter Rat, der sich aber nicht umsetzen ließ. Und leider war auch die Suche nach einem Zimmer zunächst erfolglos. Seitdem ich Michael gesagt hatte, dass ich ihn verlassen wollte, trank er tagtäglich noch mehr. Wenn ich nach Hause kam, standen leere Bier- und Schnapsflaschen auf dem Wohnzimmertisch. Michael lag dämmernd vor dem Fernseher. Egal, was ich sagte oder tat, er prügelte mich.

Er schlug mich manchmal so lange, bis ich nur noch völlig entkräftet im Bett liegen konnte. Dann rutschte er auf mich drauf und stieß wie ein Tier mit seinem erigierten Penis zu. Ich habe mich nicht wehren können. Ich hatte keine Kraft. Michael genoss es, diese Macht über mich zu haben. Seine Potenz wurde stärker, je mehr ich mich wehrte. Mein einziger Gedanke war: Du musst hier weg!

Meine Schmerzen im Unterleib waren kaum auszuhalten. Ich blutete oft, während er wie wild in mich eindrang. Nichts hätte ihn abhalten können. Ich wurde wütend. Und ich begann mich zu wehren. Wenn er mich schlug, schlug ich zurück. Der Wille auszuziehen, die Aussicht, wegzukommen, hatte mich stark gemacht.

Meistens verlor ich. Als Michael wieder völlig betrunken von einem Fußballspiel nach Hause kam, schäumte ich vor Wut. Er lachte mich aus, als ich ihn anschrie: „Ich habe dich so satt!" Er ging an den Kühlschrank und wollte sich ein Bier nehmen. Aber der Kühlschrank war leer.

Er schlug mir ohne Vorwarnung ins Gesicht. „Wieso hast du kein Bier gekauft, du Schlampe?", schrie er. „Weil ich für dich keinen Finger mehr krumm mache!", schrie ich zurück. Woher ich den Mut nahm, weiß ich nicht. Nach diesem Satz haute ich ihm mit voller Kraft meine Faust in sein widerliches Gesicht.

Das Echo war stärker, als ich verkraften konnte. Er packte mich wie von Sinnen an den Haaren und schleuderte mich gegen die Kühlschranktür. Ich schrie und versuchte mich loszureißen. Aber er hatte eine unmenschliche Kraft. Er zog das Knie an und rammte es mir in den Magen. Ich musste mich vor Schmerz fast übergeben.

Während er mich schlug und trat, öffnete er den Gürtel seiner Hose und holte sein „Prachtstück", wie er es liebevoll nannte, raus. Die Gewalt, die er mir antat, hatte ihn anscheinend so erregt, dass sein Glied groß und steif war. Voller Geilheit schob er die Vorhaut rauf und runter.

Seine Erregung ekelte mich so an, dass ich würgen musste. Aber ich kam aus dieser Ecke nicht raus, in die er mich drängte. Er packte meine Haare fester und drückte mir seinen harten Schwanz immer und immer wieder gegen meine Wange. „Ist der geil? Sag, dass du meinen Schwanz geil findest!"

Ich schrie und winselte. „Bitte lass mich endlich in Ruhe! Ich hasse dich!" In diesem Moment wurde Michael zum Tier. Er ließ meinen Kopf los und riss mir die Hose runter. Er drehte mich um und drückte meinen Oberkörper auf die Arbeitsplatte der Küche. Mit seinen Füßen drückte er meine Beine auseinander und dann vergewaltigte er mich. Er stieß wie von Sinnen immer wieder zu. Ich hatte Angst, dass er mich auseinanderreißen würde. Ich schrie und wand mich, aber Michael hielt mir den Mund zu und stieß immer weiter. So lange, bis er endlich befriedigt war.

Nachdem er von mir abgelassen hatte, rutschte ich kraftlos auf den Küchenboden. Wie tief konnte ich noch sinken? Warum konnte ich nicht einfach sterben.

Michael stand wie ein Baum vor mir. „Los, sieh mich an!" Ich konnte mich kaum bewegen. „Du sollst mich ansehen!" Er packte meine Schulter und drehte mich zu sich. „Jetzt zeige ich dir zum letzten Mal, wer hier der Herr im Haus ist!"

Ein Grinsen ging über sein Gesicht, als er seinen erschlafften Schwanz in die Hand nahm. Er zielte damit auf mich und begann zu pinkeln. Michael pisste mich an. Ich lag in einer Pfütze von Urin, meine Hose baumelte an den Knöcheln und ich war gerade misshandelt und vergewaltigt worden.

Ich muss mich schütteln. Ich sitze in der Kirche und die Bilder von diesem Monster kreisen durch meinen Kopf. Eine Vergewaltigung in der Ehe ist so unendlich grausam, weil man den Menschen deckt und verschont, der jeden Tag, jede Stunde, jede Minute Zugriff auf einen hat. Und man schämt sich so sehr, dass man sich niemandem anvertraut.

Ich hatte zwischenzeitlich in der Bank gekündigt und bei einem EDV Unternehmen angefangen. Ich wollte keinen Kundenkontakt mehr. Zu oft hatte ich mich wegen meiner Verletzungen krankmelden müssen. Die Jahre mit diesem Mann waren für mich die schlimmsten Qualen, die ich je ertragen musste. Dieses Gefühl, ein Stück Dreck zu sein, hat mich jahrelang zu einem gefühllosen Wesen gemacht.

Lange später, nachdem wir endlich geschieden waren, hatte ich den Mut, in der Fernsehsendung „Menschen hinter den Schlagzeilen“ über mein Schicksal zu sprechen. Die damalige Familienministerin nahm sich des Themas an, weil immer öffentlicher wurde, wie viele Frauen unter häuslicher Gewalt leiden. Mir hat es nicht geholfen. Ich hatte meine Hölle hinter mir. Mit hat nur geholfen, alles zu verdrängen und zu versuchen, nie mehr daran zu denken.

Das war auch der Grund, warum ich Piet über diese furchtbare Zeit nie etwas erzählt hatte. Die Angst, dass er sich vor mir ekeln würde, war zu groß. Die Angst, dass er diese schlimmen Bilder vor sich hat, wenn er mit mir schläft. Ich wollte ihn damit nicht belasten. Ich habe diese Ehe ausgeblendet. Michael ist tot! Michael hat es nie gegeben!

Ich erhebe mich von der Kirchenbank und eile Richtung Ausgang.

Gaby, hör endlich auf, über die Vergangenheit zu grübeln! Du hast jetzt einen tollen Mann, einen wundervollen Sohn. Und beide haben riesigen Hunger. Ich ermahne mich in Gedanken und laufe zum Supermarkt.

Hier ist die Welt wieder in Ordnung. Ich räume in den Einkaufskorb, was reinpasst, zahle und erreiche rechtzeitig die Fähre Richtung Priwall. Nur noch ein paar Schritte, dann bin ich da, wo ich hingehöre. Inzwischen ist es dunkel geworden und überall strahlen die Weihnachtsbeleuchtungen. Es ist so wunderschön hier.

Unser Ferienhaus ist hell erleuchtet, als ich um die letzte Ecke biege. Durch die Fenster sehe ich Piet und Max, die den Tisch decken. Ich stelle die schweren Einkaufstüten ab und klingele.

„Mami, wo warst du denn die ganze Zeit? Papa und ich haben uns Sorgen gemacht!“ „Es tut mir leid, aber es war so voll im Supermarkt! Aber schaut mal, was ich alles mitgebracht habe!“

Piet schaut mich an und weiß genau, was mit mir los ist. „Jetzt trinken wir erst einmal ein Glas Schampus aufs Leben und dann kochen wir zusammen!" Ich nehme das Glas, stoße mit ihm an. „Ich liebe dich, Piet!" „Ich dich auch, meine Süße!" „Mama und Papa, ich hab' euch auch lieb!"

Das ist Glück!

Aus dem einen Glas werden in den folgenden Stunden mehrere, unser Essen ist ein Festmahl und Max macht sich über die Geschenke her, als sei es das letzte Weihnachtsfest.

Jetzt sitzen wir entspannt vor dem Kamin und hören das Feuer knistern. Es herrscht eine besinnliche Ruhe.

Max sitzt auf der Couch und schaut Piet und mich an.

„Mami, habe ich euch eigentlich schon erzählt, was ich euch zu Weihnachten schenke?"

„Nein, hast du nicht! Bekommen wir ein Geschenk? Das ist ja großartig!"

„Ich habe das Tagebuch von 2000 heimlich eingepackt und lese euch daraus jetzt etwas vor."

Ein schöneres Geschenk können wir uns nicht vorstellen. Max holt hinter seinem Rücken das Tagebuch vor und blättert es auf.

Piet schaut mich an. Wir müssen beide lachen. „Na, dann leg mal los, Junior!" Max setzt sich aufrecht hin und beginnt, vorzulesen …

## Die Weihnachtsgeschichte „Wie ich auf die Welt gekommen bin“

Von Maximilian Krebs – 1. Februar 2000

Meine Oldies bekommen Besuch. Nein, nicht von mir. Ich bin ja noch gar nicht richtig auf der Welt und kann nur aus dem Bauch heimlich den verschiedenen Geräuschen lauschen.

Spontan und aus dem besagten Bauch heraus habe ich den beiden Stimmen, die ich in den vergangenen Monaten am häufigsten gehört habe, den Namen Oldies verpasst. Das habe ich irgendwo zufällig aufgeschnappt. Klingt total witzig und passt hoffentlich zu denen.

Die heutigen Besucher scheinen überraschend aus Magdeburg angereist zu sein. So meine ich es zumindest verstanden zu haben. Mit all dem Wasser rundherum und dem Druck auf den Ohren ist es nicht so einfach, alles aufzuschnappen.

Die Störenfriede sind die isländischen Trauzeugen meiner zukünftigen Eltern. Wie ich später erfahre, hat mein Papa mit dem Alfred, ich glaube mit Nachnamen Gislason, wohl lange Jahre zusammen Handball gespielt und bei den vielen Reisen mit Bundesligist TUSEM Essen das Hotelzimmer und die Minibar geteilt.

Seine Frau Kara hat heute ganz gnadenlos meinen Mittagsschlaf gestört. Irgendwas hat laut geklingelt. Meine Mama hat dann viel gelacht. Die Kara hat nicht laut gesprochen, aber ich habe es genau verstanden.

„Gaby, auch wenn der Geburtstermin erst für den 26. Februar errechnet ist … Ich habe das Gefühl, dass heute euer letzter Abend zu zweit sein wird, und den machen wir euch kaputt! Wir kommen vorbei.“

Wenig später klingelt es tatsächlich. Die vier da draußen haben einen wunderschön lauten Abend mit Stinkekäse, spanischem Rotwein und jeder Menge Wasser für Mama und mich.

Die Wikinger aus dem hohen Norden sollen natürlich Recht behalten. Aber das weiß zu diesem Zeitpunkt natürlich nur einer. Ich! Längst habe ich beschlossen: Morgen schaue ich mir diese komische Welt von draußen an! Jetzt habe ich schon so viel davon gehört.

Es wird Zeit für ein eigenes Urteil! Und natürlich bin ich monstermäßig gespannt, wie meine beiden Oldies aussehen. Alles, was ich so bisher von ihnen vernommen habe, klingt ganz nett.

## 2. Februar, 8.30 Uhr

Die letzte Nacht habe ich in meiner Bauchhöhle gut geschlafen! Heute Morgen kommen Mama und ich völlig aufgeregt aus dem Regenraum ins Dunkelzimmer. Wir bluten ganz stark und Mama hat eine Riesenangst um uns. So ein Quatsch, Mama! Mir geht es echt blendend. Papa reagiert schnell, spricht mit einer anderen, entfernten Stimme und verlangt einen „starken Wagen“. Oder so ähnlich. Vielleicht auch „Storchenwagen“ …

Wenig später höre ich nur noch aufgeregtes Stimmengewirr. Alle sprechen durcheinander. Eine Stimme darunter ist ganz ruhig. Die Besitzerin dieser Stimme fummelt unten an uns herum und stellt fast zärtlich fest: „Der Muttermund hat sich bereits zwei bis drei Zentimeter geöffnet. Frau Krebs, Sie werden heute noch Mutter!“

Mist, mein Plan ist aufgeflogen. Jetzt wissen alle von meinem geplanten Ausbruchsversuch. Mama hat bestimmt gerade genauso blöd aus der Wäsche geschaut wie Papa. Da quatschen meine Oldies neun Monate über mich und die Schwangerschaft, aber auf den Tag X sind sie nicht vorbereitet.

Aus dem Bauch heraus kann ich nur sagen: Denen habe ich vor zwei Minuten einen Riesenschreck eingejagt … Und jetzt sind sie sich plötzlich gar nicht mehr sicher, ob sie das alles schaffen. An meinen Stress denkt hier niemand. Hallo? Ich will heute auf die Welt kommen!

## Storchenwagen, 9.46 Uhr

Was für ein Wahnsinn. Mir ist richtig schwindelig! Wir fahren mit Höchstgeschwindigkeit über irgendwelche Hügel und Hoppel. Das muss dieser besagte Storchenwagen sein. Komisch blau flackerndes Licht dringt bis zu mir durch die Bauchdecke und gleichzeitig höre ich extrem laute Töne.

Die wohltuende Frauenstimme ist glücklicherweise auch an Bord. Sie erklärt den Oldies, was in den nächsten Stunden so alles passieren wird! Tipps und Tricks für werdende Eltern. Wie man richtig presst, wie man richtig atmet, wie man ein richtiges Baby bekommt. Die Ruhe, die sie ausstrahlt, lenkt alle zumindest ein wenig ab. Mich auch!

Meine Oldies hören ganz konzentriert zu, ich höre sie nur leise atmen. Ihre Aufmerksamkeit ist aber auch verständlich … Schließlich haben sie nur ein einziges Mal einen Babyvorbereitungskurs besucht. Der war so selten blöd! Und da hat es ganz doll nach Stinkefuß gerochen. Wir sind alle drei einfach nicht mehr hingegangen.

Die Oldies haben sich lieber gegenseitig aus schlauen Büchern vorgelesen und unterhielten sich mit erfahrenen Eltern. Momente, in denen ich immer wieder dachte: Das kann ja noch heiter werden. Das sind ja Amateure.

## Warten auf mich, 10.10 Uhr

Endlich! Das flackernde blaue Licht ist aus. Wir sind wohl in diesem „Hallo Baby Gebäude" angekommen. Aber wir müssen erst mal warten. Mama und ich kommen zunächst an irgendeine Maschine, es fühlt sich auf meinem Bauch auf jeden Fall so an. Ich meine sogar, dass ich fotografiert werde. Kein Wunder bei solch einem hübschen Kerl. Ich finde mich ziemlich klasse! Die wollen irgendetwas herausfinden.

Vielleicht meine Ankunftszeit? Wie dumm sind die denn hier? Die müssten mich doch nur fragen und wüssten sofort: Vor dem

Frühstück will ich auf gar keinen Fall raus. Warum auch? Ich fühle mich in diesem Mutterbauch einfach sauwohl!

Ich bin einfach nur zu neugierig. Und deshalb möchte ich heute raus. In aller Ruhe wird Mama vorbereitet. Ich höre es rascheln, klappern und klimpern. Jede Menge Wasser – innen wie außen – und zwischendurch immer wieder ein Wort: warten. Ganz ehrlich? So langsam bin ich genervt! Kann sich auch mal jemand um mich kümmern?

Ich ziehe an der Nabelschnur, aber keiner achtet darauf. Stattdessen schlurft mein Mutterschiff plötzlich los und geht auf Wanderschaft. Links, rechts, rauf, runter, immer wieder. Und ich im muss mit. Rauf und runter. Irgendwie gefällt uns beiden das nicht. Mama kniet zwischendurch immer mal hin und stöhnt ganz laut vor Schmerzen.

Ich pinkle vor Aufregung gleich in meine kleine Hütte, wenn das noch lange so weitergeht. Aber urplötzlich platzen auch die letzten Wände von meinem Zuhause. So eine Schlamperei. Das ist wohl das Startsignal für meine Landung auf dem Planeten Erde!

Oje. Jetzt bekomme ich es aber mit der Angst zu tun. Mama, kannst du dich jetzt bitte mal hinlegen?

Mir ist wirklich richtig schlecht! Mama erhört mich und legt sich mit mir endlich hin. Was für eine Wohltat. Ich höre immer mehr Stimmen um uns herum. Freundliche Frauenstimmen und so manche raue Männerstimme. Viel schlimmer aber: Mamas Krämpfe und Zuckungen werden immer stärker. Sie stöhnt mit sich selbst um die Wette. Dabei soll sie doch einfach nur ruhig und regelmäßig atmen.

Diesen sensationellen Tipp gibt ihr zumindest mal wieder der werdende Papa, dessen Stimme ich plötzlich auch wieder höre. Nur für mich Baby hat niemand einen Rat. Wie soll ich mich verhalten? Es ist doch auch meine erste Geburt! Irgendwie werde ich das Gefühl nicht los, Mama und ich werden das Ding alleine rocken müssen.

Plötzlich werden die Stimmen lauter und hektischer. Irgendwelche Rollen sind zu hören, irgendetwas läuft schief. Immer mehr Leute gucken und zupfen an Mamas Unterkörper. Zum

Glück habe ich mich kurz davor gewappnet und mich noch doller an der Nabelschnur festgehalten. Dabei muss sich dieses blöde Lasso ein wenig um meinen Hals gewickelt haben. So ein Mist! Ich kann mich zwar super daran festhalten, aber plötzlich wird mir ganz schwindelig und dunkel vor den Augen. Die Luft wird immer weniger. Wieso krieg ich diese blöde Schnur nicht mehr ab?

Ich glaub, jetzt haben die da draußen auch gemerkt, dass ich hier in meiner Höhle um Luft ringe. In bedrohlicher Weise nähert sich mir ein Riesenmonster! Die wollen mir doch nicht dieses entsetzliche Horrorteil auf meinen hübschen Kopf stülpen? Aber ich kann diesem Monster von Saugglocke nicht entkommen. Es ist direkt vor mir und nicht mehr aufzuhalten!

Zeitgleich merke ich, wie Mama presst und schreit. Nur von Papa höre ich nichts. Ob der Angsthase schon abgehauen ist?

## Ein kleiner Schritt für die Menschheit, 16.10 Uhr

Ganz plötzlich ist es wahnsinnig hell und ich stehe im Rampenlicht! Dieses Riesenmonster hat mich ohne Vorwarnung rausgezogen. Mir bleibt keine Zeit mehr, mich zu waschen oder eine kleine Rede vorzubereiten.

Völlig blutverschmiert, dunkellila, leider immer noch ziemlich klein, völlig verschreckt und durch das Monster auch noch am Kopf lädiert, gelingt mir die Landung auf dem Planeten Erde. Falsch, auf ganz vielen Tüchern. Meinen Ausbruchsversuch hatte ich ganz anders geplant!

Aus der ersten Enttäuschung heraus entscheide ich mich nach drei bis vier Sekunden für ein stimmgewaltiges Lebenszeichen und schreie einfach los! Meine Oldies: Ihr habt einen Sohn!

Während ich schreie, versuche ich, ein wenig die Augen zu öffnen. Die Bilder um mich herum sind kaum zu beschreiben! Diese Scheißlichter sind viel zu hell. Ich sehe noch nicht viel, aber eines weiß ich: Alle glotzen mich an! Mein Name ist Maximilian Krebs. Das kann doch keine so große Überraschung sein, oder? Ich war schließlich angekündigt!

Von Mama ist weit und breit nichts zu sehen. Vielleicht versteckt sie sich unter diesen vielen Tüchern. Hier tummeln sich ganz viele weiß gekleidete Figuren mit Messern, Nadel und Faden. Eben erst haben sie sogar an meinem Lasso geschnippelt. Ganz ehrlich? Das ist mir hier viel zu gefährlich.

Also lasse ich mich von einer der Tanten schnell zu einem anderen Tisch tragen, wo es aber nicht weniger gefährlich ist. Die Schwester kommt schnell zur Sache. Sie fummelt an meinem ganzen Körper rum und fasst sogar meinen Schniepel an. Und das alles unter Rotlicht – mit einem splitternackten Minderjährigen! Ich darf doch sehr bitten! In was für eine Welt bin ich denn hier geraten?

Glücklicherweise taucht gerade im rechten Moment ein großer Glatzkopf auf. Breite Schultern, Typ Cowboy, nettes Gesicht. Aus dem Hintergrund höre ich eine Stimme. „Bitteschön, Ihr Sohn!" Und schon legt mich der Weißkittel in die Arme dieses Riesen.

Sekunden später küsst der Kerl mich mitten auf die Stirn. Etwas zu feucht, aber zumindest zärtlich. Aha, du bist also mein Papa. Ich dachte schon, du bist abgehauen. Papa, ich hätte einen dringenden Wunsch. Kann ich bitte zu meiner Mami? Ich habe einen Mordshunger!

Ich schreie, so laut ich kann. Und ich glaube, mein Papa hat mich verstanden, denn er trägt mich ganz vorsichtig in ein anderes Zimmer. Diese Liege mit den vielen Strahlern kenne ich doch. Hier war ich schon.

Mama? Wo bist du denn?

Ich schau mich um und dann sehe ich sie. Die größten Brüste der Welt warten auf mich. Sie sind an meiner Mama dran, die dahinter fast nicht zu sehen ist. Mein Papa legt mich auf den warmen Bauch und ich sehe das erste Mal in meinem Leben das Gesicht von meiner Mama.

Sie sieht genauso aus wie ich. Sie lächelt mich an und ich versuche, zurückzulächeln, damit ich endlich etwas zu essen bekomme.

Ich habe sie schon jetzt um den Finger gewickelt, denn mein Lächeln zeigt Wirkung. Liebevoll legt sie mich an die Brust und ich spüre, dass ich angekommen bin. Das ist meine Mama, und sie wird mich nie mehr loslassen!

Max klappt das Tagebuch zu und strahlt uns an. „Na, wie hat es euch gefallen?“

Piet und mir laufen die Tränen die Wangen runter. „Du bist das Beste, was uns passieren konnte!“ Wir nehmen uns in den Arm und genießen diesen Moment. „Komm her, Max!“ Ich rutsche auf dem Sofa zur Seite und Max kuschelt sich in meinen Arm.

„Papi, es ist so cool, dass du mir vom ersten Tag an ein Tagebuch aus meiner Perspektive schreibst. Immer, wenn ich darin lese, kommen Erinnerungen hoch. An meine Geburt kann ich mich aber nicht erinnern.“

„Wenn du volljährig wirst, Sohnemann, bekommst du neunzehn Bände überreicht. Wir wünschen uns, dass du sie eines Tages liest und vielleicht auch mal deinen Kindern vorliest.“ Piet schaut seinen Sohn liebevoll an.

„Papa, was denkst denn du? Ich werde jedes einzelne Wort verschlingen! Aber eins würde ich gern heute noch erfahren. Mama, du hast Papi in Timmendorf kennengelernt. Warum habt ihr dann in Berlin geheiratet? Waren meine Brüder da schon tot? Ich bringe das zeitlich immer wieder durcheinander.“

Ich hole tief Luft. Der Tag war mehr als anstrengend für mich. Die Vergangenheit hat mich hier so eingeholt, dass ich froh bin, endlich aus meinem zweiten Leben zu erzählen.

Mein zweites Leben ist das glückliche Leben, was ich durch viel Mut und nie vergehende Hoffnung leben darf.

„Piet, schenk uns noch mal ein Glas ein. Und dann erzähl ich dir, Mäxchen, wie ich Papa geheiratet habe, warum wir in Berlin waren und warum du ein medizinisches Wunder bist. In Ordnung?“

„Ich kann es kaum erwarten!“ Max legt sich die Decke über seine langen Beine, lehnt sich auf dem Sofa zurück und lacht mich an.

„Los, Papi, beeil dich. Ich will die Geschichte hören!“

# 29. Oktober 1999

## Standesamt Charlottenburg

Ein großartiger Tag. Der Himmel über Berlin ist wolkenlos und knallblau. Genau das richtige Wetter, um zu heiraten. Heute Nacht haben Piet und ich in einem Hotel geschlafen, um seinem Bruder, seiner Schwester und seinen Eltern unsere Wohnung zu überlassen. Am frühen Morgen habe ich einen Termin beim Friseur. Wochen vorher haben wir besprochen, wie er meine Haare frisieren und hochstecken soll. Ich bin pünktlich, aber der Maestro hat verschlafen.

Wenn ich nicht schwanger wäre, würde ich mich sicher richtig aufregen, aber der kleine Wurm im Bauch braucht seine Ruhe. Der junge Mitarbeiter, der mir die Tür geöffnet hat, muss nun zeigen, was er kann. Und ganz ehrlich: Ich bin mehr als zufrieden. Im Spiegel sehe ich eine kugelrunde, gut frisierte Braut, die heute vor den Traualtar tritt und den Vater unseres Kindes heiratet.

Mein Brautkleid ist dunkelrot und großzügig geschnitten, damit ich den Tag entspannt überstehe und essen kann, ohne dass es mich zwickt und kneift. Im Übrigen haben wir generell auf eine Kleiderordnung verzichtet. Hauptsache, alle fühlen sich wohl. Wir werden im Standesamt Charlottenburg getraut und haben die anschließende Hochzeitsparty bis ins Detail geplant. Unser einziges Problem in der ganzen Vorbereitungszeit war die Zusammenstellung der Gäste. Wer sollte an unserem wichtigsten Tag bei uns sein? Die Namen unserer Freunde und Verwandte wurden aufgeschrieben und über jeden haben wir gesprochen und diskutiert. Am Ende sind 23 Gäste auf der Liste geblieben, die uns wichtig sind.

Nach der Trauung steht vorm Standesamt der Team-Bus vom NFL-Club BERLIN THUNDER. Der Bus ist mit ausreichend

Platz und einer Theke ausgestattet. Schampus, Bier, Stadtrundfahrt durch Berlin, erste Lieder, Currywurst-Stopp in der Oranienburger Straße. So lautet der Schlachtplan. Dann weiter in die Nähe von Potsdam. Hier haben wir letztes Jahr das zauberhafte Schloss Gut Golm entdeckt. Das Hotel ist zauberhaft ausgestattet, hat eine hervorragende Küche und bietet für alle Personen eine Schlafmöglichkeit. Es ist alles vorbereitet.

Also mache ich mich nach dem Friseur mit dem Taxi auf den Weg zum Standesamt. Piet wird dort auf mich warten. Ich merke, dass ich aufgeregter bin, als ich sein sollte. Als das Taxi vorm Standesamt hält und ich aussteige, sind alle Gäste schon da und warten auf mich.

Ihr donnernder Applaus lässt mein Herz hüpfen. Piet stürmt auf mich zu und drückt mich an sich. „Du siehst wunderschön aus. Darf ich dich heiraten?" „Du darfst mich nur heiraten, wenn ich dich auch heiraten darf!" Wir küssen uns und unsere Gäste klatschen erneut.

Kara und Alfred, unsere isländischen Freunde, sind die Trauzeugen. Unsere Freunde haben sich alle fein gemacht und stehen in einer Gruppe zusammen. Unsere Verwandtschaft hat sich auch gefunden. Meine Schwiegereltern sehen etwas verloren aus. Für die beiden Herrschaften war es die erste Reise nach Jahrzehnten. Aber die Hochzeit ihres Sohnes wollten sie nicht verpassen.

Piet begrüßt mit mir im Arm seine Kumpels. Sein schwarzer Anzug mit dem ebenfalls schwarzen Hemd sitzt perfekt und sein Einstecktuch hat das Dunkelrot meines Kleides. Wir passen ideal zusammen. Er sieht so gut aus. Die Stimmung ist gelöst und fröhlich. Ich drücke jeden unserer Gäste liebevoll und bedanke mich fürs Kommen.

Ein Leierkastenmann, der vor der Eingangstür des Standesamtes steht, spielt den Hochzeitsmarsch. Es klingt etwas krumm und schief, aber ist dennoch unser Zeichen, dass wir nun zur Trauung schreiten müssen.

Ich bin aufgeregt. Ich war schon verheiratet, aber heute habe ich ein ganz anderes Gefühl. Ich bin im sechsten Monat schwanger und werde den Vater meines Kindes heiraten. Wir bekommen ein kleines Baby!

„Eheleute Krebs, bitte."

Der Aufruf gilt uns. Wir werden von der Standesbeamtin gebeten, ihr zunächst allein zu folgen. Sie führt uns in das Trauungszimmer, in dem alle Formalitäten erledigt werden. Piet und ich sitzen ihr an einem riesigen Schreibtisch gegenüber.

„Ich freue mich, Sie beide heute trauen zu dürfen. Mein Name ist Schmidt. Ich möchte jetzt alle Unterlagen mit Ihnen überprüfen und sicher sein, dass Sie beide den Bund der Ehe schließen möchten. Fangen wir bei Ihnen an, Frau Schneider. Sie heißen Gabriele Sabine Schneider, geborene Lukat, geschiedene Dreyer, geschiedene Schneider, geboren am 20.2.1962. Ist das richtig?"

„Ja, das stimmt!", flüstere ich. Hat diese Frau Schmidt gerade verraten, dass ich mit Michael, also zweimal, verheiratet war?

Ach du Scheiße. Wie soll ich Piet das jetzt hier erklären? Ich fange an zu zittern. In diesem Moment trifft mich Piets Blick. Er schaut mich sehr ernst an.

„Gaby, kannst du mir erklären, warum hier zwei Scheidungen genannt werden? Ist das ein Irrtum oder musst du mir dazu noch eine winzige Kleinigkeit erklären? Es muss ja einen Grund geben, dass du mir deine erste Ehe verschwiegen hast!"

„JA, NATÜRLICH HAT DAS EINEN GRUND! DER MANN HAT MICH FAST UMGEBRACHT!", möchte ich gern schreien, bleibe aber stumm.

„Ich kann dir das erklären" stammle ich stattdessen schließlich leise.

„Das kann ich wohl als zukünftiger Ehemann auch von dir erwarten! Können Sie uns einen Moment allein lassen?" Piets Frage richtet sich an die Standesbeamtin, die völlig aus ihrem Konzept gekommen ist und uns beide anstarrt. „Natürlich, es ist ja wichtig, dass alles geklärt ist." Sie verlässt den Raum in Rekordzeit.

Ich sitze mit gesenktem Kopf vor meinem zukünftigen Mann auf dem Standesamt. Zehn Minuten, bevor wir getraut werden sollen – und muss den Teil meines Lebens erzählen, für den ich mich bis heute schäme. Ich beginne das Kapitel Michael kurz zu umreißen. Piet hört mir aufmerksam zu, hin und wieder schüttelt er den Kopf.

Am Ende meiner Kurzfassung schaue ich ihn traurig an. „Es tut mir leid. Ich hatte Angst, dich zu verlieren, wenn du erfährst, was ich hinter mir habe."

„Süße, ich kann verstehen, dass du an diese Zeit nicht gern denkst, aber du hättest es mir erzählen sollen. Wir haben uns kennengelernt und haben beide davor ein eigenes Leben geführt. Ab heute kannst du dich mir anvertrauen. Egal, welches Thema. Ich bin dein Mann!"

Es ist der größte Liebesbeweis, den mir je ein Mensch erbracht hat.

Voller Glück und mit einer riesigen Erleichterung im Herzen nehmen wir uns in die Arme. Als unsere Standesbeamtin den Raum betritt, weiß sie, dass alles geklärt ist.

Piet hat mich geheiratet. Mit all meinen Narben und Verletzungen. Er richtet nicht über mich und meine Vergangenheit. Im Gegenteil. Er hat an meinem Schicksal Anteil und ständig auf mich Rücksicht genommen.

Vielleicht bin ich ihm deshalb seit dem Tag unseres Kennenlernens dankbar. Und bin mit ihm mitgegangen, egal wohin. Sogar nach Berlin. Die Stadt, die unser Leben verändert hat.

# Reine Routineuntersuchung

Das Berliner Wartezimmer ist voll und die Luft riecht verbraucht. Der Blick aus dem Fenster endet auf einer Hauswand des Kaiserdamms. Sie ist mit einem Riesenplakat vom Mediamarkt beklebt. Der Himmel ist bewölkt und sieht schmuddelig aus. Kein schöner Tag in der Hauptstadt.

Seit zwei Wochen wohne ich erst in diesem lebendigen, lauten, aufregenden Berlin und vermisse schon jetzt mein Hamburg und meine Freunde. Die Sehnsucht nach Hafen und Möwengeschrei ist stärker, als ich dachte. Ich werde am Wochenende einfach in den Zug steigen und hinfahren. Vielleicht hebt das ein bisschen meine miese Laune. Der Termin hier nervt mich. Dieses Warten ist für mich Zeitverschwendung.

Ich werde nie verstehen, dass die Organisation einer Praxis so ein Problem ist. Ich mag keine schwangeren Frauen sehen, kann nie auf Kommando pinkeln, gebe ungern Blut ab, weil ich Angst vor der Nadel habe und hasse die vaginale Untersuchung. Es kostet mich jedes Mal Überwindung.

Besonders heute, weil ich die Ärztin überhaupt nicht kenne und meine ganze Geschichte erzählen muss. Das reißt wieder alle Wunden auf. Ich weiß, dass mein Schicksal kein Einzelfall ist. Trotzdem tröstet es mich nicht, dass auch andere Eltern um ihre Kinder weinen. Es tut so verdammt weh! Der Tod eines Kindes ist unbegreiflich und fühlt sich furchtbar an. Der Tod von vier Kindern hintereinander hat mich beinahe um den Verstand gebracht.

Mein Blick bleibt an einer jungen Frau hängen, die ihren riesigen Bauch liebevoll streichelt. Ich muss wegsehen, denn ich merke, dass sich meine Augen mit Tränen füllen. Mein Herz zieht sich beim Gedanken an meine vier Söhne voller Schmerz zusammen. Mit jedem von ihnen habe ich genauso in Wartezimmern gesessen und liebevoll über meinen Bauch gestreichelt. Ich bemühe mich seit Jahren, diesen wiederkehrenden Schmerz zu ertragen und mich daran zu gewöhnen. Aber es gelingt mir einfach nicht immer. Auch jetzt nicht. Ich könnte hier im Wartezimmer einfach losheulen. Aber ich habe in den letzten Jahren gelernt, mich zusammenzureißen.

Neun Jahre ist es her, dass ich meinen ersten Sohn tot in den Armen hielt und ihn verabschieden musste. Mein Albtraum.

Mit 28 Jahren fiel ich in ein riesengroßes Loch aus Verzweiflung, Wut und Schmerz. Doch ich habe keine Therapie gemacht, keine Tabletten genommen. Ich habe es einfach ausgehalten.

Mein zweiter Ehemann Torsten und ich hatten es schwer, nach Robert wieder den normalen Alltag zu leben. Unsere geplante Hochzeit hatten wir nicht abgesagt. Sie wurde aber eher eine Trauerfeier. Torsten wollte mir mit der Heirat beweisen, dass er mich trotz der Totgeburt liebte. Wir haben uns danach langsam wieder miteinander beschäftigt und viele Reisen gemacht.

Zwei Jahre später war ich wieder schwanger. Bis zur 34. Woche haben Benedikt und ich durchgehalten. Ich befolgte alle Anweisungen meines neuen Arztes. Der Arzt, den ich bei Robert konsultiert hatte, war für mich gestorben. Einen Großteil der Schuld habe ich ihm zugeschrieben. Er hätte Robert retten können.

Mir war bewusst, dass es nach einer Totgeburt eine Risikoschwangerschaft war. Ich habe keinen Untersuchungstermin versäumt. Ein plötzlicher Blasensprung hat mir meinen Sohn genommen. Trotz der sofortigen Einlieferung ins Krankenhaus war Benedikt nicht zu retten. Benedikt ist erstickt. Ich musste ein zweites Mal durch die Hölle gehen. Selbstzweifel und Traurigkeit bestimmten meine Tage.

Diese beiden Totgeburten haben mich und unsere Ehe auf eine harte Probe gestellt. Es war nichts mehr, wie es war. Zärtlichkeiten wurden immer weniger und der seltene Sex wurde leidenschaftslos und traurig. Aber die Sehnsucht nach einem Kind war bei mir immer noch so unglaublich groß.

Als die dritte Schwangerschaft nach zwei weiteren Jahren festgestellt wurde, war ich unfassbar glücklich und wieder voller Zuversicht. In langen Gesprächen haben Torsten und ich darüber diskutiert, ob wir das Kind behalten oder abtreiben. Er hatte mehr Angst als ich, dass wir erneut ein Kind verlieren. Er behielt leider recht. Eine Schwangerschaftsvergiftung in der 32. Woche führte zum Tod meines dritten Sohnes Florian. Bei dem Gedanken an die Kopfschmerzen und die Übelkeit, die ich hatte, wird mir noch heute ganz flau im Magen. Fast wäre ich auch gestorben. Und damals hätte ich es sogar besser gefunden.

Während meine Gedanken kreisen, leert sich ganz langsam das Wartezimmer.

Ich möchte nicht weiter in der Vergangenheit rumwühlen. Ich fühle mich so schwer, als müsste ich mit nassen Klamotten aus dem Wasser steigen. Drei Patienten sind noch vor mir.

Geduld ist nicht meine erste Tugend. Eine schwangere Patientin kommt mit ihrem Mann ins Wartezimmer und nimmt mir gegenüber Platz. Niedlich, wie der Mann seiner Frau die Hand streichelt. Die beiden sehen sehr glücklich aus. So glücklich war ich auch mal.

Aber nach der dritten Totgeburt habe ich mich immer mehr von Torsten distanziert. Er hat diese Ablehnung kaum ertragen und ist nur noch unterwegs gewesen. Wochenlang haben wir uns angeschwiegen. Wir hatten uns nichts mehr zu sagen. Ich fühlte mich von ihm so alleingelassen in meiner Trauer. Mir fehlten liebevolle Worte und eine innige Umarmung. Eines Abends hielt ich die Stille nicht mehr aus, habe unser Schweigen durchbrochen und ihn um Verzeihung für meinen Rückzug gebeten.

Kurze Zeit später war ich zum vierten Mal schwanger. Dieses Mal habe ich die Entscheidung allein für mich getroffen. Torsten wollte die Abtreibung, weil er den Druck nicht länger aushielt. Es waren furchtbare Wochen, in denen sich die Angst vor dem Tod mit der Hoffnung auf ein gesundes Kind abwechselte. Ich habe mich noch mehr um mich gekümmert als in den Schwangerschaften davor und Torsten komplett ignoriert.

Trotzdem musste die vierte Schwangerschaft in der 34. Woche abgebrochen werden, weil die Organe des Kindes sich nicht ausreichend entwickelt hatten. Mein Sohn Thomas starb verkümmert in mir. Thomas habe ich tot entbunden und liebevoll verabschiedet. Torsten kam nicht ins Krankenhaus.

Ich wusste damals nicht, wie ich damit umgehen soll. Gleich nach dem Tod von Thomas haben wir uns getrennt. Ich war enttäuscht, sauer und wütend. Auf mich, Thomas und das Leben. Unser letztes Gespräch war dennoch voller Tränen, weil wir miteinander gescheitert sind, ohne selbst dieses Scheitern verursacht zu haben. Das Schicksal hat es so gewollt.

Die letzten neun Jahre haben mich verändert.

Ich lebe in einer Welt, die die Farben verloren hat. Dunkle Wolken verdecken die Sonne. Meine Unbeschwertheit ist verloren gegangen, dafür spüre ich immer diese bleierne Traurigkeit in mir, obwohl ich mich mit aller Kraft dagegen wehre.

Ich möchte wieder die Wärme der Sonne spüren, mich an bunten Blumen erfreuen und bei fröhlichem Kinderlachen mitlachen und nicht weinen. Aber es ist jeden Tag ein Kraftakt.

Nach der Trennung habe ich mein ganzes Leben auf den Kopf gestellt. Ich habe mir einen neuen Job gesucht und bin umgezogen. Den alten Freundeskreis konnte und wollte ich nicht mehr pflegen. Das Mitleid in ihren Augen war nicht zu ertragen. Ich habe neue Leute kennengelernt, mich in meine Arbeit gestürzt und jeden Tag ein kleines bisschen freier atmen können.

Mein neues Umfeld wusste nichts von meiner Vergangenheit. Ich habe nicht über meine Söhne gesprochen. Das Kapitel Kinder war für mich erledigt. Der Traum von einer kleinen Familie ausgeträumt. Ich habe nachts geweint und am Tag gelacht. Das klappte gut. Drei Jahre lang bin ich Single gewesen.

Dann lernte ich Piet kennen. Durch ihn fand ich meine Leichtigkeit zurück. Sein Humor war und ist staubtrocken und bringt mich zum Lachen. Die Ruhe, die er ausstrahlt, gibt mir ein Gefühl von Sicherheit. Und seine Stimme weckt Vertrauen in mir.

Deswegen konnte ich ihm auch gleich bei unserem ersten Treffen von meinen vier Söhnen erzählen. Und auch, dass ich keine weiteren Kinder bekommen kann. Durch ihn bin ich ruhiger geworden.

Aber bei dieser Warterei hier gehen meine Gedanken sofort wieder mit mir durch. Die Angst vor den Bildern der Vergangenheit ist immer da.

Ich warte nun über eine Stunde und noch immer ist eine Patientin vor mir dran. Ich wäre nicht hier, aber Piet hat mich gebeten, mich untersuchen zu lassen. Ich habe seit zwei Monaten meine Regelblutung nicht bekommen. Ich vermute, dass meine Hormone sich verändern. Ich sollte es abklären lassen, um sicherzugehen, dass nichts Ernstes dahintersteckt.

Zurzeit habe ich noch keinen neuen Job und viel Zeit. Aber diese Warterei ist die Hölle für mich. Noch immer habe ich diese Schuldgefühle, keine richtige Frau zu sein, weil ich keine Kinder bekommen kann. Und in diesem Warteraum sitzen nur Schwangere.

Warum bekommen einige Frauen Kinder, andere nicht? Diese Schuldgefühle schnüren mir gerade den Hals zu.

Ich will jetzt keinen Gefühlsausbruch. Mein Herz soll einfach nur das Blut durch die Adern pumpen. Mehr erwarte ich nicht.

„Frau Schneider, kommen Sie bitte in Raum 2."

Na endlich. Ich war kurz davor zu gehen. Ich gebe Blut und Urin ab und setze mich an den Schreibtisch der Ärztin. Für eine Berlinerin ist sie richtig freundlich. Sie hat einen grauen Pagenkopf und sieht sportlich aus. „Sie haben ja schon einiges hinter sich." Ihre Stimme ist sehr freundlich.

Sie hat die Unterlagen von meinem letzten Arzt vor sich und studiert meinen Mutterpass. Ich spüre ihre Unsicherheit. Vier Totgeburten sind nicht das übliche Tagesgeschäft. Als sie sich räuspert und krampfhaft einen Gesprächsanfang sucht, komme ich ihr zuvor. Ich erzähle ihr alle Gründe für die Totgeburten und erkläre ihr, dass ich mit dem Thema Kinder abgeschlossen habe. Ich möchte nur wissen, warum meine Regelblutung ausgeblieben ist. Ich spüre ihr Mitgefühl.

„Gut, Frau Schneider. Danke für Ihre ausführliche Schilderung. Dann nehmen Sie bitte auf dem Untersuchungsstuhl Platz."

Für mich der unangenehmste Teil dieses Arztbesuches. Aber die Ärztin ist extrem behutsam und gründlich. Es dauert alles länger als die Routineuntersuchungen bei meinem letzten Arzt. Als sie mich endlich vom Stuhl entlässt, bin ich froh. Ich habe es hinter mir.

„Bitte nehmen Sie noch einmal an meinem Schreibtisch Platz. Ich hole mir eben die Laborwerte“, höre ich sie sagen, während ich mich wieder anziehe. Nur wenige Minuten später verändert sich alles!

„Frau Schneider, nach eingehender Untersuchung und nach Vorliegen der Laborwerte muss ich Ihnen sagen, dass Sie schwanger sind.“

Sie schaut mich prüfend an. Ich bin fassungslos! Wie kann es sein, dass ich schwanger bin?

„Aber die Ärzte haben doch gemeint, ich kann keine Kinder mehr bekommen. Sind Sie sicher?“

„Ja, ich bin absolut sicher. Allerdings komme ich mit ihren Blutwerten nicht ganz klar. Es tauchen Werte auf, die ich nicht richtig deuten kann. Von daher habe ich eine Kollegin der Charité konsultiert. Sie hat in zwei Stunden einen Termin für Sie reserviert.

Ich hoffe, dass diese Werte Aufschluss geben können, warum Sie vier Totgeburten hatten. Ich weiß jetzt ehrlich gesagt nicht, ob ich Ihnen gratulieren soll. Auf jeden Fall haben Sie noch einmal eine Chance bekommen. Sie sind schwanger und müssen jetzt entscheiden, was Sie daraus machen. Dabei kann Ihnen niemand helfen.“

Sie lächelt mich an, packt alle Unterlagen zusammen und schiebt sie zu mir rüber.

„Geben Sie das bitte meiner Kollegin. Wir werden Ihnen ein Taxi rufen, das Sie zur Charité bringt. Ich wünsche Ihnen alles Gute für die Zukunft. Ich muss ganz ehrlich sagen, dass Sie mich faszinieren. Nach allem, was Sie hinter sich haben, sitzen Sie hier und lassen sich nicht anmerken, welches Leid Sie erfahren mussten. Ich bin mir sicher, dass Sie eine richtige Entscheidung treffen. Wann immer Sie Fragen haben, rufen Sie mich an.“

Sie steht auf, reicht mir zum Abschied die Hand und geht aus dem Raum. Ich sitze starr auf meinem Stuhl. Ich kann keine Kinder mehr bekommen. Nie mehr. Sie hat sich geirrt. Es kann nur eine Fehldiagnose sein. Ich werde niemals Kinder bekommen. Ungläubig schaue ich mir an, was auf dem Überweisungsschein steht.

„Patientin: Gabriele Schneider, 20.2.62.

Sehr verehrte Kollegin, die von mir überwiesene Patientin ist in der 12. Woche schwanger. Die Blutbilder weisen erhöhte ANA Werte auf. Wir bitten um weitergehende Untersuchungen in der Poliklinik."

ICH BIN SCHWANGER …

# Poliklinik der CHARITÉ

Die Sprechstundenhilfe hat mir ein Taxi gerufen. Der Taxifahrer war etwas verwirrt, denn ich habe ihm die ganze Fahrt über erzählt, dass ich schwanger bin, aber dass das gar nicht sein kann. Und dass mein Freund nichts weiß. Und, und, und. Der arme Kerl war bestimmt froh, als er mich vorm Hauptgebäude des Klinikums los war.

Ich bin schwanger. Zum fünften Mal erwarte ich ein Baby. Ich kann das einfach nicht realisieren. Die letzten Jahre habe ich versucht, mich damit abzufinden, kinderlos zu bleiben. Ich habe Piet gesagt, dass ich nie Kinder bekommen kann. Ich kann keinen klaren Gedanken fassen. Die Poliklinik der Charité ist ein riesiger Komplex. Es dauert ewig, bis ich endlich die Abteilung gefunden habe, in der ich mich vorstellen soll.

Die Blutwerte stimmen nicht. Das könnte die Erklärung für meine Totgeburten sein. Die Worte der Frauenärztin hallen in meinem Kopf wider. Aber ich bin doch immer untersucht worden, habe ständig Blut abgegeben. Warum hat das niemand vorher festgestellt?

Ich habe ein mulmiges Gefühl, als ich den kargen Flur betrete, wo das Büro der Ärztin sein soll. Der Linoleumboden ist dunkelbraun und abgewetzt. Die Wände könnten einen Anstrich vertragen. Es riecht alt und modrig und wirkt völlig verlassen. Geräusche kommen nur von draußen. Ich stehe am Fenster und beobachte das Treiben zwischen den einzelnen Gebäuden, die auf diesem riesigen Areal alle miteinander verbunden zu sein scheinen. Viele Schwestern, Ärzte, Angestellte mit Kitteln begrüßen sich flüchtig auf den Wegen des Gartens und gehen zielstrebig weiter. Türen öffnen und schließen sich. Wie viele Menschen hier arbeiten, beeindruckt mich.

Der Himmel über Berlin ist inzwischen heller geworden, und durch die belaubten Bäume schimmert die Nachmittagssonne. Ich höre die Vögel zwitschern. Es wirkt alles so friedlich hier. Mein Blick auf die Uhr erinnert mich, dass ich seit sechs Stunden unterwegs bin. Ich habe noch nichts gegessen und höre meinen Magen knurren. Um fünfzehn Uhr, also in zwanzig Minuten, ist der Termin vereinbart. Ich setze mich auf den einzigen Stuhl, der auf diesem unheimlichen Gang steht, und warte.

Wie soll ich diese Schwangerschaft jetzt Piet erklären? Und will ich überhaupt dieses Kind? Und will Piet dieses Kind? Was ist, wenn ich Krebs habe und das Kind sowieso abtreiben muss? Die quälenden Fragen nehmen kein Ende. Aber Antworten habe ich keine.

Ich bin jetzt an einem Punkt angekommen, wo ich nicht mehr kann. Hunger, Durst, keine Lust, hier zu sitzen, diese ganzen Gedanken. Ich will nach Hause. Aber ich muss wissen, was mit mir los ist. Aus meiner Tasche wühle ich ein altes Kaugummi hervor, das mir ein wenig den Hunger nimmt. Und diesen furchtbaren Geschmack im Mund. Ich habe viel zu wenig getrunken. Endlich geht eine Tür auf und ein Mann im weißen Kittel kommt auf mich zu. „Guten Tag, kann ich Ihnen weiterhelfen?“, fragt er mich mit einem freundlichen Lächeln.

Er ist groß und kräftig. Sein Gesicht ist rundlich und die Augen blitzen freundlich hinter einer ovalen Metallbrille. Er ist kein Berliner, klingt eher nach Köln, Kölsch und Karneval.

„Das weiß ich leider nicht. Ich wurde von meiner Frauenärztin hergeschickt. Sie hat mir diese Unterlagen mitgegeben, und um fünfzehn Uhr hätte ich bei Frau Dr. Tallerer vorstellig werden sollen“, antworte ich ebenfalls lächelnd, obwohl ich genervt bin.

Es ist inzwischen 15.30 Uhr. Der Mann im Kittel überfliegt die Unterlagen. Ich weiß nicht mal, ob er Arzt oder Krankenpfleger ist. Aber ich bin heilfroh, dass hier überhaupt jemand ist.

„Kommen Sie bitte mit in den Untersuchungsraum. Frau Dr. Tallerer ist im Moment noch im OP. Aber so, wie ich das sehe, sind Sie bei mir genau richtig. Mein Name ist Dr. Achim Kürten. Ich war Arzt im Klinikum in Aachen und bin spezialisiert auf Erkrankungen des Immunsystems. Nun arbeite ich auf der gynäkologischen Abteilung der Charité."

„Entschuldigung, aber da muss ein Versehen vorliegen. Ich soll schwanger sein, nicht immunkrank", platzt es aus mir raus. Mir wird klar, dass ich hier falsch bin. Und diesen Typen kann ich überhaupt nicht einschätzen. Ich merke, dass mir unbehaglich wird. Ich möchte nach Hause.

„Ja, schwanger sind Sie auch. Wenn ich den Mutterpass richtig lese, zum fünften Mal. Und wenn ich weiter richtig lese, dann haben sie alle Kinder im späten Stadium der Schwangerschaften verloren. Das ist ein typisches Anzeichen für eine Autoimmunkrankheit. Das zeigen unter anderem die erhöhten ANA Werte in Ihrem Blut.

Wir müssen natürlich noch weitere Untersuchungen vornehmen, um die Krankheit genau zu diagnostizieren. Aber aufgrund meiner Erfahrungen leiden Sie unter einem systemischen Lupus, wenn ich mir die Laborwerte anschaue. Eine Krankheit, die nicht heilbar ist.

Wir nennen sie auch die Wolfskrankheit. Sie kann den Körper unterschiedlich befallen. Einige Patienten haben einen Lupus, der die Haut befällt und diese nach und nach zerstört, andere sind an den Organen betroffen.

Diese Patienten müssen damit leben, dass sich der Körper selber zerstört, weil der Lupus gesunde Zellen angreift. Organversagen oder Sepsis können die Folge sein. Und dann gibt es weibliche Patienten wie Sie. Der Lupus lässt die Schwangerschaft bis zu einem gewissen Punkt zu und beginnt dann auf unterschiedliche Weise, diese zu bekämpfen. Bekannt ist zum Beispiel die Gestose, die Schwangerschaftsvergiftung."

„Ja, Sie haben vielleicht recht. Meine dritte Schwangerschaft endete dadurch. Selbst ich bin fast gestorben."

Ich bin jetzt ganz aufgeregt. Ein ernster, aber freundlicher Blick von Dr. Kürten trifft mich. „Sehen Sie. Weiterhin kommen vermehrt Blasensprünge vor."

„Ja, den hatte ich auch. Bei meiner zweiten Schwangerschaft in der 34. Woche", werfe ich ein.

Dr. Kürten nickt, während er auf die Unterlagen schaut. „Und im schlimmsten Fall sterben die Kinder plötzlich ab, ohne dass dafür vorher Indikatoren vorliegen."

Jetzt laufen mir die Tränen runter. Ich nicke und flüstere mit tränenerstickter Stimme: „In der ersten und vierten Schwangerschaft war das so."

Ich bin völlig irritiert. Die Diagnose einer so furchtbaren Krankheit hatte ich nicht erwartet. Und dann schwanger. Aber dann wird der Lupus auch dieses Kind töten. Ich schaue den Arzt fragend an.

„Sehen Sie. Wir haben uns jetzt kennengelernt. Und Sie glauben mir jetzt, dass ich auch ein wenig Ahnung habe von dem, was ich hier mache, oder?" Er schaut mich abwartend an. „Ja, natürlich. Entschuldigen Sie, aber ich bin heute so erschrocken, dass ich schwanger bin. Ich kann doch keine Kinder mehr bekommen. Und dann diese Krankheit. Ich bin grad völlig überfordert."

Dr. Kürten lehnt sich ein wenig in seinem Stuhl zurück und schaut mir direkt in die Augen. „Das, was Sie hinter sich haben, spricht dafür, dass Sie einen sehr willensstarken Charakter haben. Gibt es einen Vater zu dem Kind?"

Etwas verdutzt schaue ich ihn an. „Ja, den gibt es." „Und wo ist der Vater jetzt? Warum begleitet er sie nicht?"

„Weil er doch gar nichts davon weiß, dass ich schwanger bin. Ich dachte, ich habe Probleme mit den Hormonen. Wir beide haben das Thema Kinder abgehakt. Er muss doch auch arbeiten. Wir sind gerade von Hamburg hierhergezogen."

„Gut. Der Vater weiß nichts von der Schwangerschaft. Wie wird er darauf reagieren?"

„Das weiß ich nicht. Ich habe ihn ja irgendwie angelogen. Ich dachte ja, ich kann keine Kinder mehr bekommen." „Würden Sie das Kind denn auch allein auf die Welt bringen, falls der Vater des Kindes sich dagegen entscheidet?"

Was sind das denn alles für Fragen? Ich weiß im Moment gar nichts.

„Frau Schneider, wenn ich Ihnen jetzt sage, dass es eine Möglichkeit gibt, diesem Kind trotz Ihrer Erkrankung das Leben zu schenken, würden Sie sich für das Kind entscheiden?"

Ich schaue ihn mit großen Augen an und antworte, ohne nachzudenken: „Ich würde noch einmal durch die Hölle gehen, um ein Kind zu bekommen."

„Sehen Sie, das war doch ganz einfach. Wir beide sitzen jetzt in einem Boot. Aber ich alleine habe die Ruder in der Hand. Wenn Sie sich absolut sicher sind, dass Sie die nächsten Wochen alles dafür geben, dieses Kind zu entbinden, können Sie sich auf meine Unterstützung in jeder Form verlassen."

Gefühle, die ich nicht mehr kannte, übermannen mich. Ich habe Sehnsucht, Liebe, Mut! Ich bin zu allem bereit. Ich sitze vor diesem wunderbaren Arzt und weine hemmungslos. Ich kann mein Glück nicht fassen. Ich bekomme ein zweites Leben angeboten. Ich muss nur zugreifen wollen. Und ob ich das will!

„Ich danke Ihnen so sehr! Was muss ich denn jetzt tun?"

„Erst einmal beruhigen Sie sich. Das tut dem Baby nicht gut, wenn Sie so aufgeregt sind. Auch wenn ich Sie verstehen kann. Sie werden morgen früh nüchtern in die Blutspende-Abteilung gehen und Ihr Blut abgeben. Danach kommen Sie zu mir und ich werde Ihnen ausführlich erklären, was die nächsten Wochen auf Sie zukommt.

Es wird Kraft kosten und es gibt keine Garantie, dass es ohne Komplikationen abläuft.

Wir werden durch eine Eigenbluttherapie – wir nennen das Plasmapherese – mit Ihnen gemeinsam versuchen, ein gesundes Kind auf die Welt zu bringen. Deshalb bitte ich Sie, noch einmal eine Nacht darüber zu schlafen. Und vor allem dem Vater des Kindes die Botschaft zu überbringen. Was macht Ihr Freund denn beruflich? Kann er Sie unterstützen?"

„Er arbeitet hier jetzt bei SAT.1 in der ran Redaktion. Ich weiß nicht, ob er mich unterstützen will und kann. Ich werde es ihn aber fragen. Und morgen früh bin ich beim Blutspenden. Ich kann Ihnen nicht sagen, wie ich mich jetzt fühle. Ich bin völlig durch den Wind. Ich danke Ihnen. Danke, dass Sie sich Zeit für mich genommen und erstmals ein bisschen Licht ins Dunkel gebracht haben."

„Die nächsten Wochen und Monate werde ich mich in Ihrem Leben ein wenig breitmachen! Sie sind nicht mehr allein. Und noch heute werde ich versuchen, schnellstmöglich einen Termin für die erste Plasmapherese zu bekommen."

Am liebsten würde ich ihm um den Hals fallen. Ich muss jetzt unbedingt nach Hause.

„Vielen Dank, Dr. Kürten. Bis morgen. Ich freue mich sehr!"

„Bis morgen. Und denken Sie daran: Ab jetzt sind Sie der wichtigste Mensch in Ihrem Leben. Nur Sie!"

Die Sonne strahlt vom blauen Himmel, als ich die Charité verlasse. Die Vögel zwitschern noch lauter und die schmutzige Luft Berlins ist wunderbar warm. Ich laufe völlig befreit Richtung Taxi. An meiner Hand läuft in Gedanken ein kleiner Junge lachend neben mir. Er schaut mich an und sagt „Mama". Mein Herz zerspringt vor lauter Glück!

## Friedbergstraße 22

Die ganze Taxifahrt über habe ich mir überlegt, wie ich es Piet am besten sage. Ich werde ein schönes Essen kochen und ihm alles erzählen, was ich heute erlebt habe. Und dann werde ich … Oder soll ich besser … Ach, ich weiß es einfach nicht …

Das Taxi hält vor unserem wunderschönen Haus aus der Gründerzeit in Berlin Charlottenburg. Ich nehme nicht den Fahrstuhl, sondern gehe die fünf Stockwerke zu Fuß nach oben. Als ich die Wohnungstür aufschließe, strahlt die Sonne durch alle Dachfenster.

Es ist so eine zauberhafte Wohnung über den Dächern von Berlin. Sie hat nur zwei Zimmer, aber das Wohnzimmer ist so groß, dass sowohl eine gemütliche Couchgarnitur als auch ein großer Esstisch Platz finden. Die Küche ist integriert und hat einen gemütlichen Tresen. Aber das Schönste an der Wohnung ist ein Balkon, auf dem mein blau-weiß gestreifter Strandkorb steht. Mein kleines Stück Hamburg.

Ich öffne alle Fenster und Türen und merke erst jetzt, wie anstrengend der Tag war. Und was ich immer noch für einen unglaublichen Hunger habe. Mit einem Apfel in der Hand setze ich mich raus in den Strandkorb. Ich schließe die Augen und atme tief durch. Das erste Mal seit Jahren spüre ich nur Glück. Meine Hand legt sich auf meinen Bauch. Hier wohnt ein kleiner Mensch. Ein Kind, dem ich das Leben schenken möchte. Von unten höre ich den Feierabendverkehr rauschen. Ich stelle mir vor, es seien die Wellen der Ostsee. Für die meisten Menschen ist es heute ein ganz normaler Tag, für mich ist er die Chance auf ein neues Leben.

Ich schmeiße den Stiel des Apfels über die Balkonbrüstung, mache das Radio an und gehe unter die Dusche. Was für eine

Wohltat. Ich hatte das Gefühl, dass mein ganzer Körper nach Praxis und Klinik müffelte. Ich ziehe mir meine Lieblingsjeans und eine frische Bluse an und fühle mich wie neugeboren. Als ich den Kleiderschrank zumache, fällt mein Blick auf das Bett.

Da sitzt der kleine Snoopy. Piet hat ihn vor Jahren von seiner Mutter geschenkt bekommen. Es ist sein kleiner Talisman. In diesem Moment weiß ich genau, wie ich Piet sage, dass ich schwanger bin. Ich schnappe mir Snoopy, gehe zum Schreibtisch und schreibe in Kinderschrift:

**„Hey, kannst du dir vorstellen, dass wir bald zu viert sind?"**

Ich komme mir dabei nicht einmal albern vor, denn ich weiß, dass Piet eine sehr verspielte, kindliche Seite hat. Den Zettel stecke ich Snoopy unter sein Stoffärmchen und setze ihn kurzerhand auf die Fußmatte vor die Haustür.

Das Problem habe ich jetzt gelöst. Ich bin erleichtert und mache mich daran, etwas zum Abendessen zu finden. Außer Nudeln mit Tomatensauce ist nichts mehr im Kühlschrank. Ich setze den Topf mit Nudelwasser auf und decke den Tisch. Im Radio spielen sie gerade Gloria Gaynors „I will survive". Ich muss lachen. Ja, ich werde überleben. Ich bin nicht mehr allein.

In diesem Moment steht Piet mitten im Wohnzimmer. Blass, mit Snoopy in der Hand und einem fragenden Ausdruck in seinem Gesicht.

„Was hat diese Nachricht zu bedeuten, Gaby?"

Er steht da wie angewurzelt und mir wird plötzlich mulmig. War vielleicht doch keine so gute Idee, so eine Nachricht einem winzigen Stofftier zu überlassen.

„Ich erwarte ein Kind von dir."

Hab ich das jetzt wirklich gesagt?

„Du tust was?"

„Ich bin schwanger, Piet. Ich weiß, ich hab gesagt, dass ich keine Kinder …"

In diesem Moment fliege ich durch die Luft. Piet hat mich hochgenommen und dreht sich mit mir im Kreis. Die Tränen laufen ihm über das Gesicht.

„Ich werde Vater! Wir werden Eltern! Ich werde wahnsinnig. Ich liebe dich. Heirate mich!“

Ich hänge mit den Füßen in der Luft und versuche, mich an seinem Hals festzuhalten. „Lass mich erst einmal runter“, lache ich.

„Du musst mir alles erzählen. Ich wusste doch, dass es wichtig war, dass du zum Arzt gehst. Mach das Wasser aus. Ich lade dich zum Essen ein. Dieser Tag muss gefeiert werden. Wenn ich ganz ehrlich bin, habe ich immer gehofft, eine kleine Familie zu gründen, aber nie die richtige Frau gefunden. Jetzt wird nicht nur dein Traum von einem Kind, sondern auch mein Wunsch nach einer Familie in Erfüllung gehen.“

Wir halten uns ganz fest im Arm und genießen den Augenblick. Beim Italiener um die Ecke erzähle ich Piet jedes Detail meines Tages.

Und er hört wieder zu, ohne mich zu unterbrechen. Als ich am Ende meines Berichts angekommen bin, sieht er plötzlich sehr traurig aus.

„Süße, willst du dir das wirklich alles noch einmal antun? Besonders jetzt, wo du auch noch weißt, dass du eventuell diese Krankheit hast? Du bist 37 Jahre alt. Du weißt, dass ich alles tun werde, um für dich da zu sein. Aber ich werde, auch wenn ich der glücklichste Vater der Welt wäre, niemals erwarten, dass du das für mich durchmachst. Wenn du das Risiko eingehen willst, dann bin ich an deiner Seite. Immer. Und werde dich heiraten und eine Familie mit dir gründen.“

„Weißt du, Piet, ich habe lange Jahre gebraucht, um die Traurigkeit über den Tod der vier Jungen einigermaßen zu überwinden. Ich habe immer die Schuld bei mir dafür gesucht, dass sie nicht auf der Welt sind. Aber jetzt weiß ich, dass es eine Krankheit ist, die die Schwangerschaften beendet hat. Das erleichtert mich. Und du wirst morgen Dr. Kürten kennenlernen. Er strahlt so eine Ruhe und Kraft aus. Ich fühle mich bestens aufgehoben. Ich würde es mir niemals verzeihen, wenn ich nicht wenigstens versuche, dieses Kind zu bekommen.“

„Ich werde dich morgen begleiten, um diesen Wunderarzt kennenzulernen. Außerdem möchte ich mehr über diese Eigenblut-Therapie wissen."

„Wir beide zusammen schaffen alles!", strahle ich den Vater meines Kindes voller Glücksgefühle an. „Ja, wir schaffen das!"

Eine innige Umarmung am Ende des Abends lässt mich zufrieden, aber völlig erschöpft einschlafen.

# Eigenblut-Therapiezentrum

## Charité Berlin

Wie vereinbart habe ich heute Morgen gleich mein Blut abgegeben, damit die Blutspende-Abteilung der Charité feststellen kann, was mit mir los ist. Jetzt sitzen Piet und ich auf einem Krankenhausflur und warten auf Dr. Kürten. Ich spüre sofort wieder meine Abneigung gegen Krankenhäuser, weil es immer komisch riecht. Das Desinfektionsmittel gemischt mit Putzmitteln ist nichts für meinen Geruchssinn. Piet telefoniert noch, als Dr. Kürten auf uns zukommt.

„Guten Morgen. Das freut mich, dass Sie beide gekommen sind. Sie sind der Vater, nehme ich an?"

Dr. Kürten reicht Piet die Hand, der sein Handy jetzt schnell in die Tasche steckt. „Jawohl, Piet Krebs. Meine Freundin hat schon sehr von Ihnen geschwärmt."

Dr. Kürten schmunzelt. „Hat Sie Ihnen auch gesagt, dass ich die nächsten Wochen und Monate nicht von Ihrer Seite weiche? Nicht, dass es da zu kleinen Eifersüchteleien kommt."

Beide Männer lachen sich an. „Diese Dreiecksbeziehung ist vertretbar. Ich bin Ihnen sehr dankbar dafür!" Ein High Five besiegelt diese Männerfreundschaft nach nur wenigen Sekunden.

Ich sitze kopfschüttelnd daneben. „Entschuldigung, könnte ich mitspielen?"

Dr. Kürten hat Freude daran, dass Piet und ich die an sich sehr ernste Angelegenheit mit Humor nehmen. „Ich möchte jetzt erst einmal die Werte mit Ihnen besprechen und Ihnen dann unseren Oberarzt vorstellen, der die Behandlungen wöchentlich begleiten wird. Darf Ihr Freund dabei sein?"

Ich nicke und wir gehen zu dritt in ein Krankenhauszimmer. In diesem Raum sind zwei große Fenster, die durch Jalousien abgedunkelt sind. An der rechten Wand stehen zwei Betten mit großen Apparaturen, die unheimlich aussehen. Wir setzen uns an den kleinen Tisch und Dr. Kürten beginnt, die Ergebnisse der Blutuntersuchung zu erklären.

„Sie haben wirklich Glück, dass Ihre Frauenärztin Sie hergeschickt hat. So, wie die Werte sind, leiden Sie an einem Antiphospholipidsyndrom, einem Lupus Antikoagulans.

Das ist eine unheilbare Autoimmunkrankheit, die in Schüben den Körper befällt. Sicher ist diese Erkrankung für die Totgeburten verantwortlich.

Wir gehen jetzt diesen Fragenkatalog Punkt für Punkt durch. Ziel ist es, durch die geplanten Blutwäschen Ihr Blut von den schädigenden Antikörpern reinzuwaschen. Dazu ist es erforderlich, dass Sie sich einverstanden erklären, dass wir Ihnen aus unserer Datenbank Blutkonserven verabreichen. Diese sind natürlich getestet, aber dennoch müssen wir vor jeder Behandlung die Risiken besprechen. Und Sie müssen vor jeder Behandlung schriftlich bestätigen, dass wir Sie über die Risiken aufgeklärt haben. Im schlimmsten Fall können Sie mit HIV infiziert werden oder an einer Embolie sterben."

Das sitzt. Ich bin unheilbar krank. Ich bekomme fremdes Blut, das mich infizieren kann. Oder ich sterbe an einer Luftembolie. Ich schaue Dr. Kürten anscheinend so verängstigt an, dass er ein wenig lächelt.

„Frau Schneider, das sind die extremsten Situationen. Wir müssen einfach von Klinikseite alles absichern lassen, auch wenn ich Sie jetzt verschreckt habe."

„Das hört sich an wie der Beipackzettel eines extrem starken Medikamentes", wirft Piet ein. „Das passiert ja auch nicht alles!" Er nimmt meine Hand und drückt sie zärtlich.

„WIR schaffen das!" Dr. Kürten nickt aufmunternd und stellt mir jetzt viele Fragen, die er gewissenhaft auf seiner Unterlage abarbeitet. Nach knapp einer Stunde sind wir fertig. Er scheint zufrieden. „So, dann schlage ich vor, Sie trinken einen Kaffee in der Cafeteria und in einer halben Stunde treffen wir uns hier wieder mit dem Oberarzt."

Ich mag keinen Kaffee, aber Wasser. Piet bestellt sich einen doppelten Espresso und ist aufgeregter als ich. „Bist du wirklich sicher, Gaby? Hast du die ganzen Fragen gehört? Die Risiken sind nicht ohne. Noch kannst du zurück."

„Ich habe nach wie vor ein gutes Gefühl und überhaupt keine Angst. Es kann doch nicht mehr passieren, als dass wir das Kind verlieren und ich dabei entweder AIDS bekomme oder ersticke!"

Ich muss lachen, denn ich zwinge mich gerade zu diesem Galgenhumor. Im Inneren meines Herzens habe ich eine Riesenangst. Besonders vor dieser Krankheit.

Ich hatte mit sechzehn eine Thrombose, die angeblich von der Pille kam. Und ich hatte mit achtzehn eine komplizierte Blinddarmoperation, bei der ich fast verblutet wäre. Aber niemand hat einen Lupus bei mir festgestellt.

Diese Wolfskrankheit ist tückisch. Sie hat mir Jahre meines Lebens Kraft geraubt, weil ich mir die Schuld an den Fehlgeburten gegeben habe. Ich habe eine unbändige Lust, diese fiesen Antikörper aus meinem Körper zu waschen.

Dr. Raiter ist der Oberarzt der Station und ebenso sympathisch wie Dr. Kürten. Er begrüßt uns mit einem kräftigen Händedruck und wachen Augen. „Frau Schneider, ich freue mich, dass Sie sich entschieden haben, diese Schwangerschaft durchzuziehen. Wie Dr. Kürten Ihnen erklärt hat, haben wir sehr gute Erfahrungen mit der Eigenbluttherapie machen können. Gerade im Bereich der Autoimmunerkrankungen. Allerdings sage ich Ihnen auch ganz ehrlich, dass Sie die erste Schwangere sind. Es ist für uns alle eine große Herausforderung und wir werden parallel zu den Blutwäschen sämtliche Forschungsprojekte mit Ihnen anschieben. Engmaschiger als bei uns werden Sie nirgends betreut."

„Ich bin bereit."

Klar und deutlich kommen diese Worte aus meinem Mund. Ich will dieses Abenteuer erleben. Egal, mit welchem Ausgang. An Mut und Durchhaltevermögen mangelt es mir nicht, was die vier vorhergehenden Schwangerschaften belegen. „Was muss ich tun?", frage ich nur noch.

„Ich erkläre Ihnen jetzt erst einmal den Ablauf. Sie werden in einer Stunde in diesem Zimmer die erste Behandlung bekommen. Ich werde genauso wie Dr. Kürten dabei sein. Unsere Oberschwester Petra ist ebenfalls im Team. Wir bitten Sie, die nächste halbe Stunde mindestens einen Liter Wasser zu trinken, aber nichts zu essen."

Ich nicke und er zeigt nun auf das rechte Bett. „Nun erkläre ich Ihnen, was wir machen werden. Legen Sie sich einmal hin."

Ich zögere ein wenig, aber Piets Blick nimmt mir die Angst.

„Jetzt legen Sie beide Arme neben sich, sodass die Handflächen nach oben zeigen. In die linke Armbeuge werden wir Ihnen eine Kanüle einführen, durch die wir Ihnen Blut abnehmen. Wenn Sie nach links schauen, sehen Sie einen kleinen Kasten. In diesem Kasten wird Ihr Blut zentrifugiert. Also gewaschen. Über die Schläuche wird das gereinigte Blut auf die rechte Seite zu dem anderen Kasten geführt.

Schauen Sie nach rechts. Dieser Kasten ist dafür da, dass Ihr gereinigtes Blut mit der Blutkonserve, die an dem Haken gleich hier oben hängen wird, vermischt wird und über eine Kanüle, die Sie in der rechten Armbeuge haben werden, wieder in Ihren Körper geführt wird.

Das ist jetzt sehr einfach beschrieben, aber ich möchte Ihnen die Angst vor diesen ganzen Geräten nehmen. Sie werden für eine Behandlung ungefähr drei bis vier Stunden in diesem Bett verweilen. Wir können die Behandlungen nicht abbrechen. Das heißt, dass Sie weder zwischendurch auf die Toilette gehen können noch etwas essen dürfen. Sie müssen die ganze Zeit möglichst entspannt hier liegen. Allerdings dürfen Sie auch nicht schlafen. Also ist es wichtig, dass Sie immer ausgeschlafen und munter herkommen.

Nach Beendigung der Plasmapherese werden alle Werte noch einmal abgenommen und so können wir von Woche zu Woche Ihr Blut von Antikörpern befreien und eine gesunde Schwangerschaft mit einem gesunden Kind hinbekommen."

Dr. Kürten und auch Piet stehen nun neben dem Bett. Alle drei Männer schauen mich an. „Ja, ich weiß, was ich möchte. Ich möchte das Kind. Ich werde jetzt Wasser trinken und dann muss es auch losgehen, weil ich sonst im schlimmsten Fall so große Angst bekomme, dass ich hier weglaufe."

„Sie können sicher sein, dass von unserer Seite sehr gut auf Sie aufgepasst wird. Gleich stelle ich Ihnen noch Petra vor. Wir werden die ganzen Wochen dieses Projekt begleiten. Hin und wieder werden neben Ihnen Patienten liegen, die Stammzellen spenden. So sind Sie hier auch immer gut unterhalten."

Dr. Raiter hilft mir aus dem Bett und lächelt mich an. „Darf ich heute dabeibleiben?", höre ich Piet fragen. „Aber das erwarte ich sogar", antwortet Dr. Kürten.

Piet und ich gehen noch einmal in die Cafeteria und ich trinke die vorgegebene Menge Wasser. Wir können beide nicht sprechen. Die Anspannung ist riesengroß. Die Zeit rast, und bevor ich weglaufen kann, liege ich wieder auf dem Bett. Schwester Petra setzt mir die erste Kanüle in den linken Arm. Auf Anhieb und ohne Schmerz. Auf der rechten Seite tut der Einstich ziemlich weh, ist aber auszuhalten. „Die Vorbereitungen sind abgeschlossen."

Schwester Petra dreht sich zum Oberarzt, der nun aus einem Behälter einen Beutel mit grüngelblicher Flüssigkeit hebt und diesen an den Haken rechts über mir hängt. „Dieser Beutel kostet 4.000 Mark. Können Sie sich vorstellen, wie wertvoll Ihr Kind mal werden wird?"

Ich kann nicht antworten, denn ich bekomme plötzlich Panik. Ich musste natürlich unterschreiben, dass ich die Risiken kenne. Aber das war auf dem Papier. Jetzt hängt da der Beutel und die ganze Apparatur wird in Gang gesetzt. Ich habe Angst. Verdammte Angst. Mein Herz rast plötzlich bis zum Hals. Ich muss mich wahnsinnig zusammennehmen, damit ich nicht weine oder schreie.

Jetzt sehe ich, wie aus meinem linken Arm Blut in den kleinen Schlauch läuft und in dem Kasten landet, danach hinter mir in den anderen Kasten läuft. Gleichzeitig tropft die Flüssigkeit aus dem Beutel ebenfalls in diesen Kasten. Und jetzt spüre ich im rechten Arm einen unangenehmen Druck. „Gehört das so?", frage ich die Schwester verunsichert. „Das drückt in meinem rechten Arm ganz unangenehm."

Sie lächelt mich an, streichelt mir über den Arm und sagt. „Genau so muss das alles laufen. Sie machen das wunderbar. Je ruhiger Sie bleiben, umso schneller ist die Behandlung erledigt! Und dann gehen Sie mit Ihrem Mann nach Hause und machen es sich ganz gemütlich. Sie sehen, dass wir alle bei Ihnen sind. Dr. Kürten und Dr. Raiter werten da hinten Blutwerte aus, Ihr Mann sitzt am Fenster und ich stehe hier bei Ihnen. Es kann nichts passieren."

Sie hat so eine beruhigende Stimme, dass mein Herz weniger wild klopft und der Druck im Arm auch weniger unangenehm ist. Ich versuche, den Blick von Piet zu erreichen. Aber er sitzt verdeckt hinter dem hohen Bettende des Nachbarbettes. „Piet? Bist du da?", frage ich leise in das Zimmer. Sofort steht er auf und kommt einen Schritt auf mich zu. Weiter darf er nicht. „Natürlich bin ich da. Du hast es gleich geschafft."

„Gleich" bedeutet noch weitere zwei Stunden an diesen Schläuchen. Aber als der letzte Tropfen aus dem Beutel rausgelaufen ist, ist alles gut. Dr. Kürten, Dr. Raiter und Schwester Petra stehen nun bei mir. Mit ernsten Mienen beobachten die beiden Ärzte, wie Petra mir die Kanülen entnimmt. „Es ist geschafft."

Mit großer Erleichterung in der Stimme höre ich Piet im Hintergrund aufatmen. „Wie fühlen Sie sich?", fragt Dr. Radtke.

Wie fühle ich mich? Ich bin ein wenig schlapp, aber ansonsten geht es mir gut.

„Ich fühle mich gut, danke." „Das haben Sie gut gemeistert, Frau Schneider. Wir werden jetzt die Werte prüfen und haben zwischenzeitlich den nächsten Termin für die kommende Woche vereinbart."

Der erste Schritt ist getan. Es war gar nicht so schlimm, wie ich dachte. Die Angst, die zwischendurch immer wieder in meine Gedanken kriecht, kann ich zunehmend besser verscheuchen. „Darf ich jetzt nach Hause?", frage ich in die Runde. „Ja, das dürfen Sie. Bitte trinken Sie heute nur noch ausschließlich Wasser und essen Sie etwas Leichtes. Und morgen früh rufen Sie mich an, damit ich Ihnen einen Termin für ein Ultraschallbild Ihres Kindes geben kann."

Dr. Kürten spricht leise und lächelt. Ein Ultraschallbild. Sofort füllen sich meine Augen mit Tränen und ich muss schlucken. Ich habe so oft Bilder meiner Kinder gesehen.

„Und Herr Krebs, wenn Sie möchten, dürfen Sie natürlich ab sofort immer dabei sein."

Piet schaut mich an. Unsere Blicke treffen sich und in diesem Moment weiß ich, dass dieses Mal alles anders wird.

# Gynäkologische Abteilung

## CHARITÉ Berlin

Vier Tage ist meine erste Plasmapherese her und es geht mir gut. Die Werte meines Blutes waren danach besser. Ich muss ab jetzt jeden Tag eine Heparin-Spritze in meine Bauchdecke jagen und Stützstrümpfe tragen. Das ist unangenehm, aber hilfreich. Und ich mache alles, was meinem Baby guttut.

Piet hat sich heute freigenommen, um beim ersten Ultraschall dabei zu sein. Aufgeregt wie Teenager sitzen wir im Untersuchungsraum von Dr. Kürten.

„Guten Morgen! Gut geschlafen? Fühlen Sie sich wohl, Frau Schneider?"

Dr. Kürten, der übrigens tatsächlich Kölner ist, hat gute Laune. „Alles gut beim Vater?" Piet und ich antworten zeitgleich mit einem Kopfnicken. „Dann legen Sie sich bequem hin. Die Vorstellung beginnt in ein paar Minuten."

Wir drei sind allein im Raum, in dem lediglich eine Liege und ein großes Ultraschallgerät stehen. Dr. Kürten schaltet das Gerät ein, nimmt diverse Einstellungen vor und dunkelt den Raum ab. Ich bin jetzt so aufgeregt, dass ich zittere. Piet steht hinter Dr. Kürten und schaut völlig gebannt auf den Bildschirm.

Es ist ja nicht mein erster Ultraschall, aber mein kleines Wunder jetzt zu sehen, löst eine unfassbare Aufregung in mir aus. Ich versuche, mich zu beruhigen. Als das kalte Gel meine Bauchdecke berührt, schließe ich die Augen. Bin ich wirklich bereit? Kann ich einen weiteren Verlust verkraften, ohne daran zugrunde zu gehen? Und was ist, wenn alles gut geht? Ist Piet der Mann, den ich heiraten möchte? Kann ich überhaupt eine gute Mutter sein? Die Gedanken stürzen auf mich ein.

Als ich die Augen öffne, weiß ich, dass ich alles kann und will. Unser Baby ist in meinem Bauch. Das Herzchen klopft ganz deutlich. Ich muss weinen. Piet, diese Heulsuse, übrigens auch. Und Dr. Kürten schaut von einem zum anderen und bemerkt: „So glückliche Eltern würde ich mir bei jeder Untersuchung wünschen. Schauen Sie genau hin. Das ist Ihr Kind, das Sie nach meinen Berechnungen am 26. Februar 2000 auf die Welt bringen werden. Ein kleiner Fisch."

Er strahlt uns an. „Das Herz klopft so, wie wir uns das wünschen. Es ist alles dran, was wir als Mensch brauchen. Arme, Beine, Kopf."

Was in diesem Bild alles an Informationen steckt, ist überwältigend. Bislang kannte nur ich grau-schwarze Bilder, in denen ich oft erahnen musste, was ich sehen sollte. Aber dieses Gerät zeigt ganz konkret einen Menschen, obwohl er noch winzig klein ist.

„Haben Sie einen Videorekorder?", fragt Dr. Kürten in die Stille. „Ja, klar", antwortet Piet. „Dann mache ich Ihnen mal ein erstes Video Ihres Babys. Und wenn Sie Langeweile haben oder später mal einen dieser berüchtigten Hochzeitsfilme für Ihren Sohn planen, haben Sie prächtiges Material."

Dieser Arzt ist der wunderbarste Mensch, der je in mein Leben getreten ist. Wie er meine Ängste, meine Unsicherheit unausgesprochen erkennt und sie mir nimmt und meine Hoffnung wachsen lässt, ist unglaublich. Mit der Diagnose, dass es Mutter und Kind gut geht, und einem ersten Video unter dem Arm, verlassen Piet und ich die Charité.

Wir haben noch einiges vor heute. Der Juwelier wartet. Piet hat mir einen Antrag gemacht. Wir werden am 29. Oktober 1999 heiraten! Ich bin der glücklichste Mensch auf dieser großen, weiten Welt!

Die nächsten Wochen und Monate verbringe ich wöchentlich mit immer größer werdendem Bauch drei bis vier Stunden auf der Station „Eigenbluttherapie".

Auf dieser Station werden auch Krebspatienten behandelt. Im Laufe der Zeit lerne ich viele Menschen kennen, die im Bett neben mir ihre Stammzellen für ihre Krebstherapie abgeben.

Einer von ihnen ist Maximilian. Max, wie er sich selber nennt, und ich haben den gleichen Humor. Er hat die Hoffnung, dass diese Therapie ihm noch ein paar Jahre Leben schenkt. Von der ersten gemeinsamen Behandlung an verstehen wir uns blendend. Die Zeit der Plasmapherese verfliegt mit ihm immer ganz schnell. Neun Wochen lang liegen wir einmal die Woche hier zusammen.

„Kommt Max heute nicht?“, frage ich Petra, die inzwischen eine Freundin geworden ist. Sie schaut mich ganz ernst an. „Nein, Max kommt heute nicht.“ „Wieso denn nicht? Er hat doch letzte Woche gesagt, dass er sich auf heute freut.“ „Gaby, der Max hat es leider nicht geschafft.“ Petra hat meine Hand genommen und streichelt sie. Ich schaue sie fassungslos an. „Wie meinst du das? Er hat es nicht geschafft?“ „Max ist am Wochenende verstorben.“

Im Raum herrscht absolute Stille.

Der Tod von Max berührt mich zutiefst. Er hatte so eine Lebensgier.

Ich vermisse ihn Woche für Woche. Aber sein Tod hat mir gezeigt, dass es wichtig ist, für das Leben zu kämpfen. Jedes Mal, wenn das Plasmapherese-Gerät angeschlossen wird, die Nadeln meine Haut durchbohren, denke ich an ihn.

Ich halte durch, Max! Ich werde ein gesundes Kind bekommen. Und ich werde meinen Sohn Maximilian nennen.

# 2.2.2000

## Friedbergstraße

Seit dem ersten Untersuchungstermin in der Charité ist jetzt ein halbes Jahr vergangen. Dr. Achim Kürten ist inzwischen Achim und ein Freund. Woche für Woche habe ich die Termine zur Plasmapherese eingehalten. 24 Mal wurde bis heute mein Blut gewaschen. Meine Bauchdecke ist dunkelblau von all den Heparin-Spritzen. Ich habe Momente der Angst und der Ohnmacht hinter mir. Wenn Achim nicht jeden Tag bei mir anrufen würde, um mich daran zu erinnern, dass ich ein Wunder unter dem Herzen trage, weiß ich nicht, ob ich das bis heute geschafft hätte.

Die Plasmapheresen werden von Woche zu Woche anstrengender, denn mein Bauch ist gewachsen. Und mein Kind nimmt keine Rücksicht darauf, dass ich an Schläuchen gefesselt bin, wenn es auf meiner Blase rumturnt. Es sind noch 24 Tage bis zum Entbindungstermin.

Heute Morgen um zehn Uhr ist eine große Ultraschalluntersuchung geplant. Piet hat in den vergangenen sechs Monaten leiden müssen. Er hat mich oft in Tränen aufgelöst vorgefunden, wenn er von der Arbeit kam. Ich habe ihn beschimpft und beleidigt. Er war der Fußabtreter meiner Schwangerschaftslaunen. Aber es gab tatsächlich nicht einen Tag, an dem ich befürchtete, dass er mich im Stich lässt.

Auch heute hat er sich freigenommen, um bei der Untersuchung dabei zu sein. Ich höre ihn in der Küche werkeln. Der Duft von Kaffee zieht in meine Nase. Ich schaue mich in unserem Schlafzimmer um. Wir wissen immer noch nicht, wie wir unser Baby in dieser Wohnung unterbringen. Ich wehre mich dagegen, mir einen Kopf zu machen. Zur Not stelle ich einfach einen Wäschekorb neben das Bett.

Ich muss zurückdenken an Robert. Sein Zimmer hatte ich schon Monate vor dem Entbindungstermin eingerichtet, hatte Strampler gekauft. Ich kann das nicht noch einmal. Der Blick auf den Wecker erinnert mich, dass wir in zwei Stunden im Klinikum sein müssen. Dreißig Kilo habe ich zugenommen und das Anziehen der Stützstrümpfe fällt mir schwer. Mir graut schon jetzt davor, die Dinger nach dem Duschen wieder über meine Elefantenbeine zu ziehen. Beim Anblick meines kugelrunden Bauches muss ich lächeln.

„Du machst es mir nicht einfach, Kleiner!“ Wir wissen, dass wir einen Jungen bekommen. Er wird Maximilian heißen. Das bin ich meinem verstorbenen Freund, dem Krebspatienten Max schuldig.

Ich habe einen riesigen Stapel von Ultraschallbildern und diverse Untersuchungen in der Charité hinter mir. Max hat sich prächtig entwickelt. Im Moment sprießen seine Haare. Das Sodbrennen ist widerlich und lässt mich nicht schlafen.

Gestern Abend waren Kara und Alfred bei uns. Unsere isländischen Trauzeugen waren in den letzten Monaten die wichtigsten Menschen neben Piet und Achim. Als dreifache Mutter hat Kara für jedes Problem eine Lösung, für jede Sorge Verständnis.

Sie meinte gestern Abend, dass sie uns den letzten gemeinsamen Abend versauen möchten, den wir zu zweit sind. Ich musste lachen und hab ihr noch einmal erklärt, dass eine Schwangerschaft vierzig Wochen dauert und sie zu früh kommt. Es gäbe noch einige Abende zu zweit.

Sie schaute mich ernst an und meinte, dass sie es besser wüsste. Naturverbundene Isländer hätten ein Gefühl für so etwas. Es war ein wunderschöner Abend und ich bin froh, diese Menschen zu haben. Auch wenn ihre nordischen Uhren anders ticken.

„Gaby, willst du nicht langsam aufstehen?“ Piet ruft aus dem Wohnzimmer. „Kaffee ist fertig. Los, unter die Dusche. Ich muss nach dem Termin in den Sender. Es gibt noch diverse Sachen wegen des Super Bowls zu klären. Also los jetzt!“

Super Bowl XXXIV in Atlanta. St. Louis Rams gegen die Tennessee Titans. DAS Event in Amerika. Piet hätte wie schon im Vorjahr vor Ort sein können, dieses Erlebnis live und in Farbe mit seinem SAT.1-Team übertragen und feiern dürfen. Aber er hat abgesagt und wird hier in Berlin in der Backup-Regie sitzen.

Ich habe ihn zuerst nicht verstanden. Aber sein Einwand war das Baby. Die Vorstellung, dass mir etwas passieren könnte, würde ihn umbringen. Ich wälze mich aus dem Bett und schlurfe ins Bad. Im Radio geben sie gerade alle Staus von Berlin durch. Berlin habe ich inzwischen lieb gewonnen. Auch wenn die Berliner ruppig sind. Viele Arbeitskollegen von Piet sind inzwischen Bekannte von uns – und viele Freundinnen und Ehefrauen treffe ich mal auf einen Kaffee oder Bummel durch die Stadt. Mein Leben ist auszuhalten.

Ich freue mich auf den heutigen Ultraschall. Es ist der letzte große Termin vor der Entbindung. Achim hat mir versprochen, dass ich ein zweites Video bekomme. Das Wasser läuft mir den Rücken runter.

Ich habe die Augen geschlossen und genieße das Duschbad.

„Beeil dich bitte, Gaby!" Piet reißt mich aus meiner Ruhe. Ich öffne die Augen und erstarre!

„Piet!" Ich schreie laut und verzweifelt seinen Namen. „Piet!" Ich stehe mit meinen Füßen im Blut. Zwischen meinen Beinen tropft unaufhörlich Blut. Ich schreie und weine. Ich drücke beide Hände zwischen die Beine, um das Blut aufzuhalten. Aber es tropft weiter.

Piet ist angerannt gekommen und schaut fassungslos auf die Blutlache. „Oh mein Gott. Ich rufe sofort den Storchenwagen!"

Er ist außer sich vor Angst. „Bitte kommen Sie ganz schnell. Friedbergstraße 22, 5. Stock. Meine Frau verblutet. Sie ist im neunten Monat schwanger! Beeilen Sie sich!"

Ich liege in der Wanne voller Blut. Ich presse mir ein Handtuch zwischen die Beine. Plötzlich habe ich keine Angst mehr. Es ist vorbei. Ich habe es nicht geschafft. Wieder nicht.

Eine nicht zu beschreibende Leere erfüllt mich.

Piet ist völlig verzweifelt und überfordert. „Schatz, steh auf. Ich bringe dich ins Bett. Du musst dich hinlegen. Der Rettungswagen ist unterwegs."

Er zieht mich vom Wannenboden hoch, spült noch einmal das Blut von meinem Körper ab, legt mir meinen Bademantel um die Schultern und versucht, mich abzutrocknen. Ich lasse das Handtuch zwischen meinen Beinen fallen und ein Blutschwall tritt aus. Alles ist voller Blut. Ich gehe mit langsamen Schritten ins Schlafzimmer, und mit jedem Schritt tropft Blut aus mir.

Ich habe das nicht verdient. Verdammte Scheiße! Ich habe dieses Schicksal nicht verdient! Ich bin wütend und außer mir vor Enttäuschung. Ich habe alles, wirklich alles getan, was ich geben konnte.

Warum?

Piet sitzt neben mir am Bett und streichelt mein Gesicht. Er kann nichts sagen. Er schaut mich an, aber ich kann ihm nicht in die Augen sehen. Ich bin und bleibe eine Versagerin.

Es klingelt. Der Storchenwagen ist da. Sie werden Maximilian in der Charité holen und mir tot in den Arm legen. Ich wusste, dass das passieren kann. Ich habe es nur bis heute nicht zugelassen, auch nur eine Sekunde an seinen Tod zu denken.

„Guten Morgen, Frau Krebs. Ich bin Hebamme Lydia. Ich werde Sie untersuchen, bevor wir Sie ins Krankenhaus bringen."

Eine kleine, dicke Frau mit polnischem Akzent und einem Untersuchungskoffer steht an meinem Bett. Ich schau sie mit leeren Augen an. Untersuchen Sie mich doch. Ändert eh nichts, denke ich.

„Machen Sie bitte einmal die Beine ein wenig breiter auseinander." „Noch ein wenig. Ja, so ist gut."

Sie untersucht mich mit Ihren Händen ganz vorsichtig. „Der Muttermund ist jetzt drei Zentimeter geöffnet. Dann wollen wir mal in die Klinik. Sie werden heute Mutter."

Ich höre Piets Aufschrei. Ich kann nicht realisieren, was sie gesagt hat. Mir ist übel. „Gaby, wo ist deine Tasche für die Klinik?" Piet schaut mich fragend an. „Ich habe keine. Ich brauche keine." „Das ist jetzt auch egal. Wir werden nun schnellstens in die Klinik fahren. Können Sie bitte Dr. Kürten verständigen, dass wir auf dem Weg sind?"

Die Hebamme spricht mit dem Krankenwagenfahrer, packt ihren Koffer zusammen und schaut mich an. „Frau Schneider, ziehen Sie sich jetzt etwas Bequemes an. Das wird ein aufregender Tag für Sie. Nehmen Sie nur das Nötigste mit. Am besten etwas Traubenzucker. Den Rest kann Ihr Mann Ihnen bringen. Wir müssen jetzt los."

Wie durch Watte höre ich sie sprechen. Piet nestelt an mir herum und zieht mir etwas an.

Nach ein paar Minuten liege ich auf der Trage und werde fünf Stockwerke wie ein rohes Ei nach unten getragen und in den Storchenwagen geschoben.

Es riecht nach Desinfektionsmittel und ich bekomme eine Nadel in den Arm. Piet sitzt neben mir und drückt meine Hand. Er sieht blass und ängstlich aus.

Der Storchenwagen startet mit Martinshorn und Blaulicht über die Straßen von Charlottenburg in die Charité.

Ich schließe die Augen. Mir laufen die Tränen runter. Ich fühle aber nichts. Und ich verstehe kein Wort von dem, was gesprochen wird.

Es brummt in meinem Kopf. Ganz laut. Wie ein Bohrer beim Zahnarzt. Ich kann nichts tun. Alles, was jetzt passiert, muss Piet übernehmen. Ich habe keine Kraft mehr.

Wir sind in der Klinik angekommen. Die Hebamme gibt Anweisungen und ich werde jetzt durch die Flure geschoben.

Neben mir läuft Piet. Noch immer ganz blass. Über mir sehe ich die Lampen der Klinikflure vorbeirasen. Alles ist hektisch, nur ich bin ganz ruhig. Abrupt bleiben wir stehen. Eine große Tür öffnet sich und wir sind auf der Entbindungsstation.

Achim kommt auf mich zu. Er trägt heute einen grünen Kittel und hat eine Haube auf. „Da kann der kleine Mann nicht mehr länger warten, nehme ich an." Er strahlt mich an. „Und, wie geht es dir? Aufgeregt?"

„Ich kann nicht sagen, wie es mir geht. Es geht mir gerade gar nicht", antworte ich und meine Stimme klingt fremd für mich. „Ich werde dich jetzt auch noch einmal untersuchen. Piet, und du bist hoffentlich bereit, Vater zu werden!"

Jetzt höre ich Piets Stimme ganz laut. „Bin bereit. Und ich hoffe, dass alles gut geht!"

„Wir werden alles dafür tun! Wir haben uns ja die letzten Monate nicht umsonst so viel Mühe gemacht!“

Achim ist guter Dinge. Ich werde jetzt in ein großes Bett gelegt und bekomme ein grünes Hemdchen an. Achim untersucht mich nach der Hebamme nun ein zweites Mal.

„Das fühlt sich sehr gut an. Der Muttermund ist geöffnet. Jetzt werden langsam die Wehen einsetzen. Gaby, ich möchte dich bitten, aufzustehen und ein wenig auf und ab zu gehen. Das macht dann die Geburt einfacher.“

Piet hilft mir, mich im Bett aufzusetzen. Ich habe gar keine Stützstrümpfe an, fällt mir auf. Ich ziehe mich an Piets Arm aus dem Bett und schaue ihn an. „Es tut mir leid, dass ich dich so erschreckt habe!“ „Das muss Dir nicht leidtun. Ich war genauso aufgeregt, als ich das Blut sah! Ich glaube, Kara hatte recht. Wir werden heute unser Kind bekommen.“ Piet strahlt unter seiner Blässe.

Es tut mir gut, diesen starken Mann neben mir zu haben. Die ersten Schritte sind sehr wackelig und mir ist schwindelig. Aber ich beiße die Zähne zusammen. Während wir den Krankenhausflur rauf und runter gehen, zieht sich mein Unterleib immer öfter zusammen. Es tut weh. Es wird immer schmerzhafter und ich kann mich kaum mehr gerade halten.

„Lass uns bitte ins Zimmer gehen. Ich halte den Schmerz nicht mehr aus.“

Die Schwester nimmt mich freundlich in Empfang. „Na, da werden wir Sie mal an den Wehenschreiber hängen. Sieht aus, als wenn es losgeht.“

Außer dem wogenden Schmerz in mir nehme ich nichts wahr.

Piet sitzt am Kopfende hinter mir und streichelt meinen Kopf. Die Schwester hat den Raum verlassen. „Kannst du dir vorstellen, dass wir Eltern werden?“, frage ich leise. „Du wirst es nicht glauben, aber ich bin mir sicher, dass wir die besten Eltern der Welt werden.“ Piet ist überzeugt!

Mir wird plötzlich übel, als der Wehenschreiber anfängt zu piepen und Papierstreifen ausdruckt. „Piet, schnell. Ruf die Schwester. Da ist was nicht in Ordnung.“

Kurz darauf ist Panik im Zimmer. Achim und die Schwester rufen eine weitere Schwester. Anweisungen gehen hin und her. Ich bekomme mit, dass die Nabelschnur sich um den Hals von Maximilian gelegt hat.

„Gaby, wir müssen jetzt handeln! Du musst jetzt mitarbeiten. Ich muss das Kind mit der Saugglocke holen. Wir haben keine andere Wahl."

Ich habe unmenschliche Schmerzen und schreie. Ich presse und schreie. Es tut so weh. Und dann ist der Schmerz plötzlich fort und auf meinem Bauch sitzt etwas Blutiges. Es schreit. Es sieht aus wie ein kleiner Mensch. Die kleinen Fäustchen sind geballt, der Körper ist rosafarben wie ein Schweinchen und das zahnlose Mündchen ist weit aufgerissen. Es schreit. Die Nabelschnur liegt auf meinem Bauch neben dem Schreihals.

Ich bin plötzlich so müde, dass ich einschlafe. Wie lange, weiß ich nicht. Als ich wach werde, liegt ein wunderschönes Kind in einem weißen Strampler in meinem Arm und atmet ganz ruhig. Es duftet wunderbar. Piet sitzt auf meiner Bettkante, sieht völlig erschöpft aus und sagt den schönsten Satz der Welt.

„Schau ihn dir an, deinen Sohn!" –

**Maximilian lebt!**

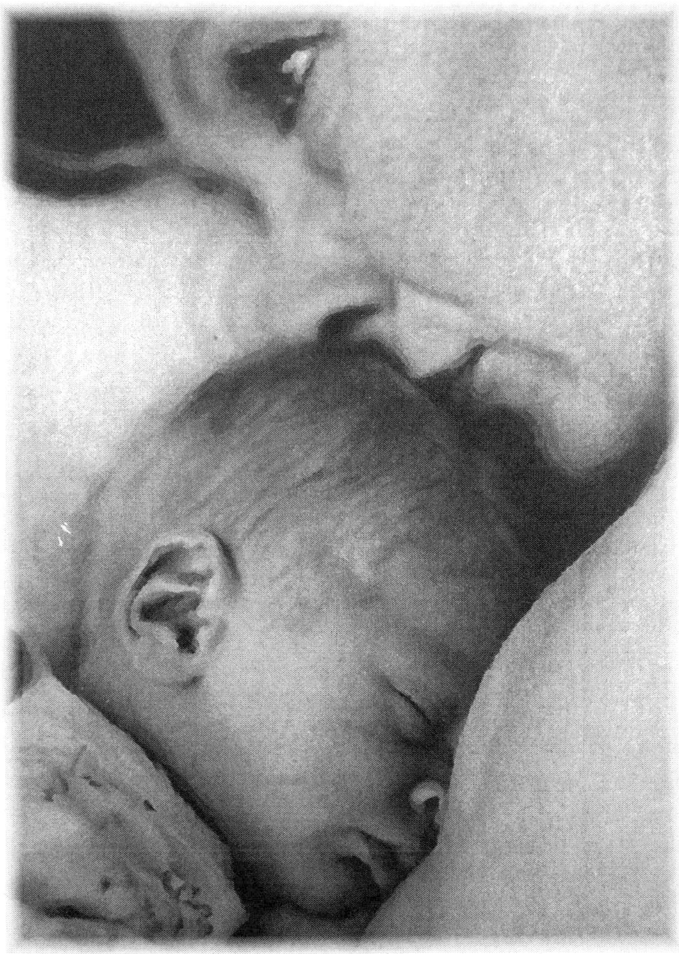

# Nachwort

Über ein Jahr habe ich gebraucht, um dieses Buch zu schreiben.

Jeder, der es liest, erfährt Dinge über mich, die ich aus Schmerz oder Scham verdrängt hatte. Mit diesem Buch stelle ich mich schonungslos meinem Leben, in der Hoffnung, den Lesern und Leserinnen Mut zu machen!

Die Vergangenheit ist nicht zu ändern. Sie gehört zu uns. Wenn wir sie als einen Teil von uns akzeptieren, haben wir die Chance, glücklich zu werden.

# Danksagung

**Danke, Piet,**
ohne dich an meiner Seite hätte ich mein Leben sicher irgendwann freiwillig beendet. Du hast mich als verwundeten, geschändeten Menschen angenommen und mit ganz viel Geduld eine selbstbewusste Frau aus mir gemacht. Inzwischen traue ich mir immer mehr zu. Danke, dass du mir den Mut zugesprochen hast, dieses Buch zu schreiben!

**Danke, Max,**
deine Geburt hat meinem Leben einen Sinn gegeben! Durch meine Totgeburten, deine Brüder, weiß ich dein Leben so sehr zu schätzen. Du hast mir meine Fröhlichkeit und mein Lachen zurückgegeben. Dafür danke ich dir und werde bis zu meinem letzten Atemzug für dich da sein.

**Danke, Achim,**
du bist mein Schicksal. Unser zufälliges Treffen auf dem Flur der Charité hat mein Leben verändert. Mit deiner Fachkompetenz hast du meinen Lupus entdeckt, mir dank der Plasmapheresen einen Sohn geschenkt.

Du hast dich jeden einzelnen Tag der Schwangerschaft um mich und Max gekümmert. Ich habe durchgehalten und den Mut nie verloren. Ich bin dankbar, dich zu kennen und stolz, dass wir heute noch Freunde sind!

Schicksal, schau mal …

# Die Autorin

Zwei ganz konkrete Lebensziele haben die 1962 in Lüneburg geborene Gabriele Krebs auf all ihren Wegen begleitet: Sie wollte auf die Bühne oder zum Fernsehen – und sie wünschte sich Kinder. Besonders diesen letzten Traum hat sie niemals aus den Augen verloren. Die Sehnsucht nach Kindern war so stark, dass schließlich ihre Angst von ihrem Mut besiegt wurde.

Heute sind für Gabriele Krebs beide Wünsche Wirklichkeit geworden: Als Mutter und On-Air-Expertin beim Homeshopping-TV-Sender HSE24 gestaltet die mittlerweile in München heimische Lebenskünstlerin selbstbewusst ihre Realität. Dabei nimmt ihr Sohn Max einen ganz besonderen Stellenwert ein.

Mit ihrem Buch „Schicksal, schau mal – Vier Sternenkinder und ein Max" wagt sie sich nun erstmals unter die Schriftsteller und berichtet erfrischend ungeschönt und ehrlich über ihren bisherigen, nicht immer ganz einfachen Lebensweg.

# Der Verlag

*Wer aufhört besser zu werden, hat aufgehört gut zu sein!*

Basierend auf diesem Motto ist es dem novum Verlag ein Anliegen neue Manuskripte aufzuspüren, zu veröffentlichen und deren Autoren langfristig zu fördern. Mittlerweile gilt der 1997 gegründete und mehrfach prämierte Verlag als Spezialist für Neuautoren in Deutschland, Österreich und der Schweiz.

**Für jedes neue Manuskript wird innerhalb weniger Wochen eine kostenfreie, unverbindliche Lektorats-Prüfung erstellt.**

Weitere Informationen zum Verlag und seinen Büchern finden Sie im Internet unter:

www.novumverlag.com